최선의
육아

최선의
육아

강나영 지음

부족하지만 온 힘을 다한
보통 엄마의 육아 에세이

폭스코너

차례

1부

엄마, 서툴지만 괜찮아

2부

아이 둘과 같이 자라기

3부

어쨌든 사랑이다

프롤로그

글쓰기로 위로받기

아이를 낳고 처음 혼자 밖으로 나간 날이었다. 출산 후 두 달쯤 되었을까. 초여름이었고 토요일이었다. 아파트 단지에서 나와 근처 쇼핑몰로 걷는 길이 그리 멀지 않았음에도 이상하게 어지럼증이 났다. 며칠 잠을 못 잔 사람처럼 귓속에서 마치 모터가 돌아가듯 웅웅거렸다.

반소매 차림의 사람들이 지나가고 있었지만 난 아직 긴소매를 벗지 못한 채였다. 산모 내복을 벗은 지도 얼마 되지 않았으니까. 쇼핑몰로 들어서서 하릴없이 윈도쇼핑을 하고 몇 가지 간식거리를 사 들고 들어왔다. 별다른 것 없는 그 일상적 행동들이 그렇게 비일상적으로 느껴졌던 때가 또 있었을까.

세상은 변한 게 없었다. 하지만 나는 변했다. 머리끝에서 발끝까지, 머릿속에서 마음속에서 심지어 내 장기들까지도 예전 같지 않은 느낌이었다.

엄마가 되고 나서 처음으로 사회로부터 느낀 그 정서적인 간극은 적지 않은 시간 동안 육아를 하면서도 좀처럼 좁혀지지 않았다. 누구를 만나든 어디에 있든 무엇을 하든 나는 엄마였다. 다른 사람들에겐 당연해 보였겠지만 정작 나자신에게는 무척이나 낯선 일이었다.

준비 없이 엄마가 된 것이 몹시 원망스러웠다. 원망의 대상이 누구인지 모르겠지만. 시간이 더 지나고 나자 엄마가 될 준비라는 건 미리 할 수 없는 일이라는 걸 알게 됐다. 엄마는 미리 될 수 없었다. 오직 아이를 키운 동안이 엄마가 될 수 있는 시간이었다. 거기엔 어떤 요행도 조금의 오차도 없었다. 세상 모든 일이 그렇듯 처음이라 시간이 필요했다. 나에게는 조금 더 필요했던 것 같다. 하지만 시간은 흘렀다. 누구에게나 공평한 시간은 내게도 그렇게 흘렀다. 그리고 열네 살과 열 살 아이들의 나이만큼 엄마로 자라났다.

아이를 키우면서 행복했다고만 말할 수는 없다. 아니, 엄마가 되기 전에 기대했던 바와 다르게 힘든 시간이 꽤 많았다. 물론 기쁨이 그보다 조금 더 많았다. 아이라는 존재가 바로 기쁨 그 자체니까. 그들을 있는 그대로 볼 수 없는 많은 어른들이 드라마를 만들어낸다. 나 역시 그랬다.

하지만 어찌 됐건 우리는 같이 시간을 보냈다. 고맙게도 모두 최선을 다했다. 난 지독히도 개인주의적인 사람이지만 만약에 가족애라는 것이 있다면 그건 영화나 광고, 드라마에 자주 등장하는 화목한 가족들의 웃음처럼 즐거운 시간에만 우리와 함께하는 그런 것은 아니라는 걸 알게 됐다.

이야기는 첫아이를 키우면서 시작되었고 둘째 아이를 낳으면서도 계속되었다. 하루하루가 나와 아이들에겐 역사인데 그냥 날아가버리는 시간과 마음이 아까워 적기 시작했다. 시간으로 따지자면 꽤 긴 시간이다. 물론 돌아보면 그리 먼 이야기도 아닌 것 같다.

특별할 것 없는 이야기이다. 아니, 나에게는 특별하지만, 누구에게는 보통의 이야기일지 모른다. 그래도 굳이 적어보는 건 나 역시 그랬듯 누구나 같다는 사실을 이야기하고 싶은 마음 때문이다. 아이를 키울 땐 때로는 그게 위안이 되었다. 큰 바람으로 시작한 글쓰기가 아니기에 욕심은 없다. 그냥 보통의 아이 키우기로 읽히면 좋겠다. 그게 나에게 또 위로가 될 것이다.

2022년 새해에
강나영

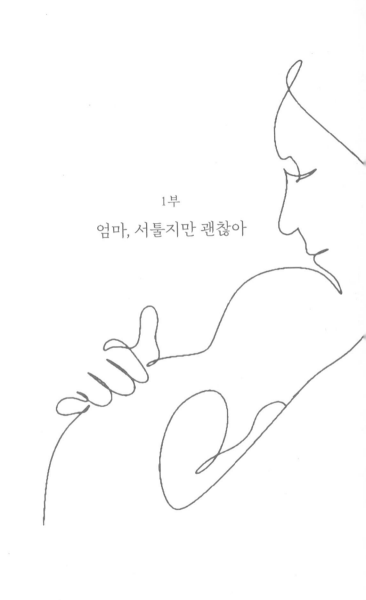

1부

엄마, 서툴지만 괜찮아

라면이 산모에게 미치는 영향

친정에서 산후조리 중, 점심 무렵이었다. 마침 엄마가 외출하셔서 아이와 둘만 남아 있었다. 잠투정이 심했던 아이를 겨우 재우고 나자 문득 짜장라면이 생각났다. 짜장면이 아니라 짜장라면. 모유 수유 중이라 먹어선 안 될 음식 가운데 하나였지만, 먹고 싶었다. 혹시라도 아이가 깰세라 조심히 부엌으로 가 최대한 조용히 라면을 끓였다.

단지 조심하기만 했던 것이 아니라 그렇게 정성을 쏟아 라면을 끓여보기는 처음이었다. 라면이 익기가 무섭게 그릇에 담은 후 입맛을 다시며 막 젓가락을 집으려던 찰나, 때마침 아이의 울음소리가 들려왔다.

한 젓가락도 입에 넣지 못한 채 아이에게 달려갔다. 다시 쉽게 잠들지 못하는 아이를 어렵게 재운 후 식탁으로 돌아왔을 땐 라면은 다 불어터져 있었다. 이미 라면을 먹고 싶은 마음 같은 건 싹 사라진 후였으나 불은 채로 말라붙어가던 라면을 쳐다보고 있자니 그거라도 먹어야겠단 생각만 들었다.

불은 라면을 꾸역꾸역 먹으면서 생각했다. 제때 해야 하는 모든 일을 제때 할 수 없는, 라면도 제때 먹을 수 없는, 먹을 때를 놓쳐 불어터진 라면이 상징하는 이 모든 상황. 이게 내가 처한 현실이구나, 하고 말이다. 물론 실제는 그것 이상이겠지. 이제 시작일 뿐이다.

각자의 사정

　새벽이었다. 아이는 또 깨서 보채기 시작했다. 모유 수유를 해서 재운 지 두 시간도 채 되지 않았지만, 다시 수유할 수밖에 없었다. 아이는 곧 다시 울기 시작했다. 옆방에서 주무시던 친정 엄마도 놀라서 내 방으로 오셨다. 아이가 배가 고파 운다는 것이 본능적으로 느껴졌다. 반쯤 정신이 나간 채 멍하니 우는 아이를 바라봤다. 결국 분유를 주라고 엄마에게 말했는데, 그러고 나자 갑자기 참을 수 없는 뭔가가 치밀어 올라 방을 나섰다.

　잠시 화장실에서 감정을 추스르고 방으로 오니 남편이 화가 나 있었다. 아이가 분유를 먹다가 사레들렸던 모양이다. 하지만 남편이 화가 난 건 그것 때문이 아니었다. 아이에게 분유를 먹인다는 그 사실이 싫었을 것이다.

　나도 싫었다. 얼마나 싫었으면 아이가 젖병을 무는 것도 보기 싫어서 방을 나섰을까. 하지만 어쩔 수 없는 일이었다. 아이에게 내 모유는 부족했고, 그건 자연분만을 못 한 것만큼이나 인정하고 싶지 않은 사실이었다. 하지만 어쩔 수 없는 일이었다. 어쩔 수 없는 일이라서 그랬을까, 마음이 너무 아팠다. 내 아이한테 내가 해줄 수 있는 게 이렇게도 없는 걸까.

엄마가 된 지 며칠 되지도 않았지만, 아이가 소중하고 사랑스러운 만큼의 기쁨이 느껴지지 않는다는 것에 나는 요즘 적잖이 당황하고 있다. 출산 후 이렇게 많은 좌절감과 상실감을 느낄 줄은 꿈에도 생각하지 못했다. 누구한테도 듣지 못했다. 내가 유난한 걸까, 아니면 누구나 그런데 이런 얘기는 하지 않는 걸까.

그러나 그 상황에서 남편은 내 사정을 알지 못했다. 사실 나 자신도 내 사정을 정확히 모르고 있다가 오늘 같은 날 갈 곳을 잃고 헤매게 되는 거겠지. 어쨌든 지금은 버텨야 한다. 모 소아정신과 선생님의 말씀처럼. 그러다 보면 아이는 클 것이다.

엄마의 첫 외출

아이를 낳고 혼자 제대로 외출해본 적이 없었다. 가봤자 집 근처 마트, 집 앞이 전부였다. 아이와 한 몸으로 산 지 팔 개월. 어제 처음으로 친구와 점심을 먹기로 하고, 아이 수유 간격인 세 시간 안에 돌아오리라 남편에게 약속한 뒤 집을 나섰다.

오랜만에 수유복이 아닌 외출복다운 외출복을 입으니 불과 일이 년 전까지 매일 출근하던 사람인데도 어찌나 어색하던지. 아이에게 간식과 이유식을 잘 챙겨 먹이라고 남편을 향해 당부하고 나서 뒤돌아섰다. 그러면서 나도 모르게 안녕, 했더니 남편이 나중에 말하길 안녕, 하던 내 명랑한 목소리가 잊히지 않았단다.

어쨌든 기분이 정말 좋았다. 계속 흥분 상태였던 것 같다. 지하철을 타고 윈도쇼핑을 하고 패밀리 레스토랑에서 스테이크를 썰고, 커피를 마시고. 그런 평범한 일상적인 일들이 너무나 특별한 경험처럼 느껴졌다. 아이 없이 혼자라서 그랬을 것이다. 그렇게 팔 개월 만의 홀가분함을 맘껏 누렸다.

약속한 시간에 딱 맞춰 집에 돌아왔더니 남편은 반쯤 넋이 나가 있었다. 아이에게 시달려서 밥 먹을 여유도 없었던지 점심도 굶고 있었다. 아이도 내가 나간 지 한 시간쯤 후에 엄마가 없다는 걸 알았는지, 계속 칭얼대고 짜증을 부려 상태가 그다지 좋지 못했다.

고작 세 시간 만에 영혼이 가출한 남편과 아이를 보니 왜 그리 실실 웃음이 나던지. 물론 그래서 앞으로 외출하지 말아야겠다는 생각을 한 것은 아니다. 익숙하지 않아서 그런 거지! 앞으로 좀 더 자주 부자의 사이를 돈독하게 만들어줄 기회를 가져야겠다.

엄마의 밤은 낮보다 길다

아이가 밤낮이 바뀐다는 건 엄마에겐 재앙에 가깝다. 잠을 못 잤다면 낮에라도 아이가 잘 때 같이 자면 될 것 같지만, 눈에 보이는 집안일 때문에 편히 자기 어렵고 아이가 자지 않는 밤에는 더더욱 제대로 된 잠을 잘 수 없다. 매일밤 곤히 자는데 누가 한 시간 간격으로 자꾸 깨운다고 상상해보라. 미칠 노릇이다.

산후조리를 마치고 집에 오자마자 아이의 밤낮이 바뀌기 시작했다. 처음에는 낮에 잘 자니까 편했다. 하지만 진짜 악몽은 밤에 시작되었다. 잘 재운 줄 알았던 아이가 한두 시간 간격으로 깨서 울었다. 처음에는 하루 이틀 그러다 말 줄 알았지만, 웬걸 그게 시작이었다.

낮에는 업어가도 모르게 자면서 밤에는 자꾸 깨서 나를 찾았다. 수유가 끝나고도 두세 시간을 멀뚱히 눈을 뜨고 안

아달라 보챘다. 나는 거의 비몽사몽 간에 수유를 하고, 바운서를 흔들고, 안았다 내려놓기를 기계적으로 반복했다.

그런 날들이 여러 날 지나던 중 어느 날, 최악의 밤이 찾아왔다. 아이가 새벽 한 시부터 네 시까지 깨어 있었다. 바운서에 앉아 나를 향해 징징대던 아이를 보면서 여러 날 잠을 제대로 자지 못해 제정신이 아니었던 나는, 어느 순간이었을까 울음이 터졌다.

내가 눈물을 훔쳐가며 꼭 저처럼 울어대자 아이가 징징대기를 멈추고 가만히 나를 바라봤다. 아이가 나를 보고 있다는 걸 알았지만 울음이 쉽게 멈춰지지 않았다. 그런 채로 얼마나 시간이 흘렀을까. 내가 어느 정도 진정하고 나자, 녀석이 나를 보면서 슬금슬금 눈을 감았다. 세상에 드디어 잠이 든 것이었다.

눈물은 멈추었지만 아이에 대한 미안함과 죄책감 등으로 뒤섞인 내 마음은 엉망이었다. 이후로도 아이의 수면 패턴이 자리를 잡기까지 힘든 밤은 계속되었다. 하지만 이날만큼은 오래도록 생각이 난다. 엄마가 우는 걸 지켜보던 아이의 생경하던 눈빛과 함께 말이다.

엄마가 되지 않았다면 몰랐을 것이다. 엄마의 밤이 낮보다 얼마나 긴지.

스스로 쓴 독박

아이가 코감기에 걸렸을 때의 일이다. 열이 나는 감기도 아니고 증상도 심하지 않아 병원엘 데려가지 않았다. 병원에 가면 으레 항생제를 처방해줄 것이기 때문에. 경미한 증상인데 굳이 항생제를 먹이고 싶지 않았다. 그래서 하루 동안 외출하지 않고 아이를 지켜보다가 심해지면 내일 아침에 병원에 갈 요량이었다.

퇴근한 남편이 아이와 노는 중에 아이의 코에서 콧물이 조금 나왔던 모양이다. 남편이 갑자기 이것저것 묻기 시작했다. 병원에 갔는지, 왜 안 갔는지, 콧물은 언제부터 나왔는지 등등. 내게는 나름대로 분명한 이유가 있었지만, 남편은 이해하지 못했고, 이것은 사소한 감정의 문제라 이미 마음이 상한 나는 그를 이해시키고 싶지 않았다. 대화하는 중에 신경이 날카로워진 나는 어느새 날 선 목소리를 내고 있었다.

남편은 아빠로서 그 정도 말은 할 수 있다고 생각했을 것이다. 하지만 육아를 전담하고 난 후, 다른 사람으로부터, 아무리 남편이라고 해도 이런 식의 참견을 듣는 게 불편했다. 내가 모든 걸 완벽하게 하는 엄마라서가 아니었다. 오히려 그 반대의 심사 때문일지도 몰랐다. 자격지심 같은 거겠지.

누가 심어준 게 아닌데 스스로 가져버린 마음. 누가 준 게 아니기 때문에 더 벗어나기 어렵다. 독박육아라고 하지만 그 독박은 스스로 쓴 게 아닐까 생각해본다. 손을 뻗으면 닿을 수 있는 누군가에게조차 마음을 나누지 못하고 있는 게 진정한 독박육아가 아닐까.

내일은 남편과 이런 마음에 대해 이야기해봐야겠다. 독박은 너무 외로우니까.

행복한 엄마

어렸을 적 엄마가, 엄마가 아닌 한 사람으로 한 여자로 한 개인으로 느껴진 적이 종종 있었다. 우리 엄마는 무척이나 희생적인, 전형적인 한국의 엄마였지만, 그녀에게도 사라지지 않는 한 사람이 남아 있을 때가 있었다.

아무것도 몰랐던 그 시절에도 그런 엄마가 더 좋았다. 아, 엄마도 사람이구나, 느낄 때 들었던 감정은 바로 안도감이었다. 엄마가 그냥 한 인간으로 행복하면 좋겠다, 진심으로 바란 적도 많았다. 그럼 나도 행복할 수 있을 것 같았다. 나이를 아주 많이 먹은 뒤에도 그랬다. 그래야 인생에 대해 안심할 수 있을 거란 생각이 들었다.

아이는 엄마가 행복해야 행복하다. 아이를 행복하게 만들어주고 싶다면 엄마가, 내가 먼저 행복해야 한다. 그건 정말 간단한 말이고 인과관계처럼 보이지만, 그래서 무척이나 쉽게 다가오지만, 나중에 돌아보면 그저 흉내만 냈을 뿐이구나, 뼈아프게 깨닫게 될지도 모를 그런 일이다.

    그럼 난 행복한 인간인가. 이 문장을 두드리니 눈 밑이 시큰하다. 행복하지 못했다. 못하다. 그러나 행복한 인간이 되고 싶었다. 엄마라서 행복한 사람이 아니라 그냥 나 자신으로 행복한 사람이 되고 싶었다. 그렇게 엄마가 되었다면 내가 지금 과오라고 생각하는 일들을 되풀이하지 않았을까.

기다림

남편이 하는 일은 야근이 많은 편이다. 신혼 초부터 늘 그랬지만, 아이를 낳고 나니 남편이 늦게 오면 더욱더 힘들었다. 육아를 혼자서만 감당하고 있다는 부담감과 외로움이 느껴졌고 체력적으로도 힘이 들었다. 몸이 힘든 건지, 마음이 힘든 건지, 뭐가 먼저인지는 알 수 없었지만 몸이 힘들어도 마음을 나눌 누군가가 옆에 있었다면 좀 덜 힘들 것만 같았다.

하지만 현실은 꼭 그 반대일 뿐이고 주말이라도 쉴 수 있는 게 다행이라고 여겨야 했다. 계속 그런 패턴이다 보니 평일 내내 주말만 오기를 기다리곤 했다. 오전이 가길 기다리고 오후가 가길 기다리고 남편이 오길 기다리고 아이가 잠들기를 기다린다. 이러다가 기다리는 것이 인생의 전부가 될 지경이다.

누군가를 기다리는 것은 물론이고 기다리는 나 자신이

싫어졌다. 이 시간이 즐겁다면 누군가를 기다리지 않아도 될 텐데. 아이는 정말 예쁜데, 보고만 있어도 웃음이 나는데, 왜 나는 즐겁지 않을까.

아이와 함께 있는 시간이 누군가를 기다리지 않아도 충분히 행복한 시간이 될 수 있기를 바라본다.

출근하던 길

아침에 약국으로부터 아이 감기약 보관법을 잘못 전달했다는 연락을 받았다. 부랴부랴 아이를 챙겨 입히고 집을 나섰다. 아이에게 새로 처방받은 약을 먹일 생각으로 급하게 나가느라 몰골은 말이 아니었다.

아이는 앞으로 업고 담요를 칭칭 두르고 청바지에 양말도 없이 운동화를 대충 꿰어 신었다. 아이를 안느라 거추장스러워 외투도 입지 않고 후드 티만 걸쳤으니 볼만했을 것이다.

돌아오는 길, 아침 식사도 거른 참이라 집에 가서 먹으려고 김밥이랑 빵을 조금 샀다. 아이를 업은 터라 짐이 귀찮아 검은 비닐봉지 하나에 다 넣은 채 달랑달랑 들고 버스를 기다리고 있었다.

마침 내 앞으로 잘 차려입은 아가씨 하나가 좋은 냄새를 풍기며 쓱 지나갔다. 늦은 출근길이었을까. 순간, 지나가는 버스 유리창에 비친 추레한 내 모습이 어쩌나 처량하던지 갑자기 눈물이 쏙 나올 뻔했다. 결혼 전이라면 나도 저렇게 (까지는 아니었겠지만) 차려입고 좋은 냄새(까지도 아니었겠지만) 풍기면서 바삐 걸어갔을 텐데. 무엇보다 예전엔 바쁘고 피곤하고 짜증 나던 출근길이었는데, 갑자기 그 길이 그리워졌다.

이제 내가 다시 출근한다 해도 그런 홀가분함과는 거리가 멀 것이다. 그만큼 차려입을 수도 없고, 좋은 냄새 따위는 더더욱 풍길 수 없겠지. 그래도 다시 한 번 출근길에 오를 수 있다면 그때보다는 조금은 더 기꺼이, 즐겁게 갈 수 있을지도 모르겠다.

새해, 감사

새해 첫날이었다. 세배를 드리러 오전에 시댁을 갔다가 오후엔 친정에 들렀다. 그리고 친정 식구들과 같이 절에 다녀왔다. 올해는 평생 처음으로 부처님 앞에서 절을 했다. 결혼 전에도 불교 신자이신 엄마를 따라 절에 간 적은 있었지만, 절은 하지 않았었다. 불교가 내 종교도 아니었고 종교라는 게 기복화되는 게 나쁘다고 생각했으며 엄마한테는 미안하지만, 의미 없는 일이라고 생각했던 것 같다.

아이가 태어나 나도 기복을 바라는 마음이 생긴 건 아니었고, 여전히 불교가 내 종교도 아니고 종교를 통해 기복을 청하는 것도 옳지 못하다고 생각한다. 그저 한 해를 시작하고 한 해를 돌아보며 감사하다는 말을 어딘가 하고 싶었는데 그 자리가 적당했었다고 해야 할까. 연신 감사하다 그 말만 되뇌었다.

좋은 일만 있어서 감사한 건 결코 아니었다. 좋은 일, 나쁜 일 모두 골고루 있었다. 엄마가 되었지만 삶은 여전히 어렵다. 그렇지만 어찌 됐든 나도 모르게 감사하다는 마음이 생기는 건 역시 엄마이기 때문인 것 같다. 그래서 아이에게 감사하다. 평생 감사라고는 모르던 나에게 감사함을 깨닫게 해주었으니 말이다.

체력은 육아력?

　며칠 동안 체기가 좀체 내려가지 않았다. 소화제를 먹어도 차도가 없었다. 아이 맡길 사람이 마땅치도 않고 날까지 추워 외출이 쉽지는 않았지만, 몸이 아프다 보니 마음까지 아픈 것 같았다. 그래, 참는 게 능사는 아니지. 더 큰 문제가 생기기 전에 마음먹고 아이를 데리고 평소 다니던 한의원에 다녀왔다.

　진맥 결과, 피곤해진 몸 상태 때문에 근육이 긴장 상태로 돌입하여 내장 근육까지 영향을 받아 소화 장애가 오는 거라고 했다. 다행히 그새 잠든 아이를 유모차에 잠시 앉혀놓고 머리끝에서 발끝까지 침을 한 서른 개쯤 꽂고 누워 있자니 만감이 교차했다.

　아이를 낳기 전에도 건강한 체질은 아니었지만, 아이를 낳고 난 뒤에는 체력적으로 한계가 계속 느껴진다. 책임져야 할 아이가 있는데, 내가 내 몸 하나 책임지지 못하니 엄마 노릇 잘하려면 체력이 뒷받침되어야겠구나, 싶은 생각마저 들었다.

수면 부족도 큰 원인일 것이다. 요새 아이가 밤잠을 자면서 다섯 번은 깨는 것 같다. 물론 곧 다시 잘 때도 있지만, 그중 두세 번은 쉽게 잠들지 못해 남편이나 내가 다시 안아 재워야 하니 그 피곤이 누적되었나 보다. 인간에게 잠을 못 잔다는 게 무엇을 의미하는지 절실히 깨닫는 중이다. 만병의 근원이다.

돌쯤 지나면 통잠을 자기도 한다는데, 돌까진 얼마 안 남았지만 이런 상태라면 돌이 돼도 통잠을 잘까? 믿어지지 않는다. 그래도 시간은 가고 아이는 크겠지. 자고 싶은 만큼 잘 수 있는 것, 그것마저도 사치였다. 초보 엄마에게는.

어찌 됐든 아이만 돌볼 것이 아니라 나 자신을 잘 돌봐야겠다. 체력은 국력, 아니 육아력?

엄마 눈물 닦아줄 날

오늘 점심때 한바탕 난리가 났다. 요새 아이가 장염을 앓느라 이유식을 심하게 거부한다. 안 먹는다고 마냥 내버려둘 수는 없었다. 그래서 점심을 먹을 때 평소와는 다르게 의자에서 내려주지 않았는데 아이가 음식을 거부하며 삼십 분은 족히 악을 쓰며 울었다.

이 정도로 운 건 드문 일이라 많이 놀라기도 했지만, 그간 아픈 아이를 돌보면서 받았던 스트레스가 갑자기 훅 올라왔다. 종국엔 나도 울어버렸다.

결국 이유식 먹이기를 포기하고 한참 안고 달랜 끝에 녀석은 겨우 진정이 되었는데 내 눈에선 눈물이 계속 흐르고 있었던 모양이었다. 갑자기 내 얼굴을 아이가 말간 눈으로 쳐다봤다. 너무 말간 눈이라서 차마 바로 볼 수가 없었다. 그러더니 눈물이 흐르는 내 눈을 손가락으로 만졌다. 장난을 치는 손길이 아니라 내 어깨에 기댔다가 다시 내 얼굴을 보다가 몇 번을 반복하면서 말이다. 마치 위로라도 하듯이. 엄마, 괜찮아요?

　그 순간을 뭐라고 말하면 좋을까. 너도, 나도 위로를 받았을까. 아이는 어떨지 모르겠지만 나는 확실히 그랬다. 이제 더 크면 엄마 눈물도 고사리 같은 손으로 닦아줄 날도 오겠지. 그렇게 우리는 자라나겠지. 그런 생각을 하니 더 위로가 되었다.

출산에 대한 기억

우연히 가정 출산에 관한 기사를 읽었다. 평화롭고 고요한 출산기를 읽으니 내 고통뿐이었던 출산기가 생각났다. 가슴 한쪽이 서서히 뻐근해졌다. 시간이 이렇게나 흘렀는데, 극복했다고 생각했는데, 아니었던가.

나는 이른바 산모들이 말하는 최악의 케이스였다. 자궁 문이 다 열리도록 진통을 겪고, 아이가 하늘을 보고 밑으로 돌지 않아서 응급수술을 했다.

의료진도 권유했으니 어쩔 수 없는 선택이었다. 하지만 내가 그때 좀 더 참았다면, 아니 기다렸다면 자연분만을 할 수 있었을까, 하는 생각이 출산 후 한동안 머릿속을 떠나지 않았다. 바보 같은 가정인 줄 알지만, 그래도 그땐 그랬다. 지금도 가끔 생각한다.

병원에서 외롭고 고통스럽게 진통을 겪고 출산을 효율

적으로 하기 위해 행해졌던 온갖 처치를 그야말로 당하고, 그뿐만 아니라 응급으로 하게 된 첫 수술의 과정도 회복도 모두 기억하고 싶지 않을 뿐이다.

가볍지만 산후 우울감이 꽤 오래간 것도 출산의 과정이 힘들었기 때문이리라. 무엇보다 제일 마음이 아팠던 건 내 몸의 고통보다 아이가 태어났을 때 바로 안아보지 못했다는 것. 그 생각만 해도 그저 눈물이 나는 건, 이 상처라는 게 머리가 아니라 내 몸에 새겨져 있는 까닭인 듯하다.

출산의 주체는 나였지만 내 생각대로 할 수 있는 것은 아무것도 없었다. 병원의 시스템상 철저하게 출산으로부터 소외되었다. 나만이 아니라 아이도 그랬다. 무엇을, 아니 누구를 위해서 그래야 했을까.

출산을 다시 경험하게 될지, 그게 언제가 될지 장담할 수 없지만, 그때는 출산의 주체로서 진정한 출산의 기쁨을 누려보고 싶다. 그게 당연한 일이니까.

첫걸음마, 감격적

요사이 아이 발놀림이 심상치 않더니 어제 본격적으로 걸어서 내 품으로 뛰어들었다. 소파를 잡고 내 쪽을 보면서 거리를 가늠하는가 싶더니 휙 돌아서서는 손을 번쩍 들고 다다다, 그렇게 말이다.

갑자기 일어난 일이라 일단 기쁨에 소리를 지르고 얼싸 안아주었다. 아이도 기쁘고 신기한지 소리를 지르며 연신 손뼉을 치며 깔깔댔다. 아이 키우는 엄마들에게 제일 감격 스러운 순간이 첫걸음마를 뗄 때라더니 나 역시 그랬다.

아이가 한 번에 만족하지 않고 또다시 걸음마 연습을 하 는 걸 보니 마음이 무척 찡하고 대견했다. 어쩌면 아이만이 아니라 나 자신에게도 그랬던 것 같다. 그동안 뒤집기부터 기기, 잡고 서기 등 순서를 착착 밟아가더니 마침내 걸음마 까지. 그래, 이만큼 기어이 왔구나, 싶은 기분이랄까. 아니다. 어쩌면 지금부터 진짜 시작일지도 모르겠다. 이제 겨우 걸음마를 뗀 셈이다, 내 육아도.

이러다 뛰기라도 하는 날엔 어쩌려고 이러는지. 감격은 잠시 접어두고 위험한 물건들을 얼른 치워야겠다. 걷기 시작하면 집 안 정리를 다시 한 번 해야 한다는데 벌써 싱크대랑 식탁 위를 호시탐탐 노리고 있다. 거실을 다 섭렵한 후라 부엌 쪽을 보는 녀석의 눈빛이 예사롭지 않다!

이 년 만에

지난주에 결혼하고 처음으로 파마를 했다. 결혼하고 몇 달 후에 아이가 생겼으니 임신 중이라 파마를 하지 못했고 아이를 낳고 나선 아이와 한 몸으로 붙어 있다 보니 미용실에 따로 갈 시간이 없었다.

이제야 엉망진창인 내 머리가 거울 속에서 눈에 들어왔다. 친정 엄마한테 아이를 부탁하고 오랜만에 홀가분한 마음으로 카페에서 카푸치노 한 잔을 사가지고 미용실 오픈 시간에 딱 맞춰 들어갔다.

예전 같았으면 아깝다고 했을 시간일지 모른다. 장장 세 시간 반 동안 잡지 세 권을 독파하고, 음료수도 여러 잔 부탁해 마셨다. 머리 예쁘게 나오는 건 안중에도 없고, 그저 그 시간을 오롯이 즐겼다. 머리를 핑계로 즐긴 자유 시간이었던 셈이다. 무엇이 됐든 미용실에 오는 것조차 일상의 행복이 될 줄은 아이 낳기 전엔 상상도 못 했다. 그렇게 대책 없이 기르기만 했던 긴 머리를 자르고 요즘 유행한다는 단발펌으로 변신을 했다.

그나저나 예전엔 생각 없이 긁었던 카드. 엄마가 되고 나서 긁으려니 살짝 손이 떨렸다. 파마는 무조건 오래가야 한다는 엄마 말씀도 떠올랐다. 아닌 게 아니라 나도 모르게 속으로 오래가야 할 텐데 중얼거리고 있었다. 그래, 나도 별수 없구나.

무모한 도전

요즘 TV 예능 〈무한도전〉 레슬링 편을 챙겨 보고 있다. 원래 〈무한도전〉 팬이기도 하지만 유난히 이번 편은 마음이 더 끌린다. 이번에 찾아온 슬럼프를 이기기 위해 내가 한 일이 밤마다 〈무한도전〉 한 편씩 보는 거였다. 신나게 한바탕 웃고 나면 일상 속에서 온종일 내뱉지 못해 덕지덕지 붙어 있던 감정의 찌꺼기가 떨어지는 느낌이랄까. 말하고 보니 정말 절박한 시청자 모드다.

출연자들 모두가 한계에 부딪히고 어려움을 겪고 극복해가는 과정에 나도 모르게 감정이입이 되었다. 모두 그야말로 도전, 하고 있었다. 예전엔 〈무한도전〉에서 '도전'이라는 단어가 웃음의 소재로 쓰였다면 이번 편만큼은 '도전'이라는 단어가 감동을 주었다는 생각이 들었다. 나는 인생에서 도전이라는 걸 뭘 그렇게 절실하게 해본 적이 없구나, 하는 생각과 함께 말이다.

〈여우와 신 포도〉 동화처럼 그저 제풀에 포기해버린 그 많은 기회와 도전들이 새삼 아프게 떠올랐다. 하던 일을 그만두고 전업맘으로 살다 보니 자신의 꿈에 대해선 더욱더 멀어져버려 더 애틋하게 와닿는지도 모르겠다.

어쨌든 그리하여 요즘 고민 중이다. 나 자신만을 위한 도전 하나 해봐야겠다, 하고 말이다. 〈무한도전〉의 전신 프로그램명처럼 '무모한' 도전이 될지라도 말이다. 아니다. 이미 도전을 시작하고 있는지도 모르겠다. 엄마가 되었다는 게 사실 내 인생의 제일 큰 도전일 테니.

눈 오는 날의 단상

오전부터 종일 눈이 오는 날이다. 남편은 회사 동료들과 함께 스노보드를 타러 갔다. 송년회라나. 요즘엔 송년회도 그런 식으로 하나 보다. 이른바 경력단절 여성이 된 지 그리 오래된 것 같지 않은데 내가 회사 다닐 때와는 분위기가 사뭇 달라진 모양이다.

어쨌거나 원래 보드가 취미였던 사람이라 완전 물 만난 물고기일 터. 오늘은 진짜 눈까지 만났으니 오죽했을까. 눈도 오고 주말이니 도로는 꽉 막힐 것이고 언제 올지 모르겠다.

금요일 저녁이라 아이와 근처 키즈 카페라도 가서 둘만의 불금 저녁식사라도 하려고 했는데, 나갈 수 있을지. 눈은 소담히 오는데 이 기분은 뭐라고 해야 할까. 마음이 따듯해진다기보다 미적지근해진다고 해야 할까. 차라리 비가 낫네, 싶어지는 이 기분은 참 달갑지 않다.

베란다 창을 통해 보이는 아이들은 신이 나서 놀고 있고, 아마 어떤 이들은 차가 막히든 말든 눈 오는 날 저녁 약속에 들떠 있을 텐데, 눈이 와도 더 이상 기쁠 일이 없는 무념무상의 아줌마만 남아 있을 뿐인가. 쩝. 괜히 잘 놀고 있는 아이를 꼭 껴안아본다.

내가 아니라 네가

날이 추워 꼼짝 못 하는 요즘. 나가고 싶은 건 아이보다 나 자신인 것 같다. 하루 종일 집에 있는 날이면 네 시를 넘어가면서부터 급격히 떨어지는 체력과 집중력을 어찌해볼 도리가 없다.

언젠가 엄마 피곤한가 봐, 힘든가 봐, 나도 모르게 나온 말. 다 큰 어른이 어린 저에게 할 소리는 아니었는데 나를 잠시 쳐다보던 녀석. 나를 가만히 안아주었다. 어깨까지 토닥토닥, 해주며.

내가 아이를 위해 여기에 있다고 생각할 때가 있었는데 이럴 때면 깨닫는다. 아이가 나를 위해 여기에 있는 것이라는 걸. 내가 아니라 네가.

가출은 아직

냉장고 문을 수시로 여는 버릇이 새로 생긴 아이. 오늘도 연다. 열기만 하면 다행이다. 냉장고 속 구경 삼매경에 빠져서 삐삐 소리가 나도록 닫을 생각을 안 한다.

하도 반복되는 통에 짜증이 일어 좀 닫으라고 소리를 한 번 질렀다. 그런데 녀석이 문을 쾅 닫더니 에게어어 다다다! 외계어로 뭐라고 쏘아댔다. 그러고는 갑자기 의자에 걸려 있던 점퍼를 걸쳐 입었다. 아니, 입었다기보다 몸에 둘렀다는 표현이 더 적당하겠다. 잠시 주춤하던 녀석, 현관 중문을 열고 신발을 신으려고 하지 뭔가!

부부싸움을 해도 이렇겐 안 싸웠는데 도대체 어디서 배운 걸까. 참나, 어이가 없어서 엄마가 소리 질러 미안하다며 이리 오라고 했더니 둘러맸던 점퍼를 벗어 던지고 배시시 웃으며 안기는 아이.

정말 가출이라도 할 심산이었던 건지. 아무리 그래도 이십이 개월에 가출은 너무 빠른 거 아니니. 더 커서도, 출가는 몰라도 가출은 안 된다. 알았지?

〈I Believe I Can Fly〉

육아 모임 번개를 잘 마치고 돌아오던 길. 차는 막히고 아이는 자고 라디오는 듣고 싶은 채널이 없어서, 늘 꽂아두던 동요 CD를 빼고 결혼 전에 좋아하는 곡들만 모아서 만들어두었던 CD를 대신 넣었다. 오랜만에 이 노래 저 노래 흥얼거리던 중 나온 〈I Believe I Can Fly〉. 첫 소절에 옛 기억이 바로 소환되었다.

대학교 4학년, 늦은 밤 과외를 마치고 피곤한 몸으로 버스를 탔을 때, 이 노래가 나왔다. 취업에 대한 고민도 많았지만 정작 뭘 해야 할지 알 수 없었던 암울한 시기였다.

창밖의 한강을 내려다보면서 참 많이 울었던 것 같다. 자기연민이 아니라 고양(高揚)의 눈물이었다. 그래, 믿자. 내가 할 수 있다는 걸.

요즘 그때의 그 마음이 들곤 한다. 아이를 낳고 경력단절의 시간이 길어질수록 자꾸 작아져만 간다. 이제 내가 할 수 있는 일은 아무것도 없는 것만 같다.

아니, 그보다 하고 싶은 일을 찾을 수가 없다고 해야 할까. 아니, 그보다 그런 일을 한다고 해도 내가 뭘 이룰 수 있을지 자신이 없다고 해야 할까. 이런 채로 내 날개는 접어야겠구나, 하는 생각만 가득했다.

오늘 문득 이 노래를 듣자 다시 고양의 눈물이 흘렀다. 다시 믿어봐야겠다. I Can Fly.

나는 네가 한 일을 다 기억하고 있다

지난주에 사촌 형한테 물려받은 장난감 자동차로 한참 신나게 자동차 놀이에 빠져 있던 녀석이 갑자기 뒷좌석에 뭔가를 넣으면서 큰 소리를 질렀다. 빨리 타! 으유, 혀까지 차며 운전석으로 와서 화난 표정으로 문까지 세게 닫았다. 왠지 익숙한 이 광경. 바로 내가 했던 행동이었다.

몇 달 전인가 계속 컨디션이 안 좋고, 아이도 유난히 떼가 늘었던 그 시기에 유난히 카시트에 타길 거부하던 녀석을 참다못해 강제로 앉힌 적이 두 번 정도 있었다. 바로 그때의 모습을 재연한 것. 아이가 다 기억하고 있었다.

순간 그냥 넘기면 안 되겠다 싶었다. 마음은 아팠지만, 담담히 그 자리에 앉은 채로 아, 그때 엄마가 소리 질렀었지? 엄마가 미안했어, 속상했구나, 했다. 그랬더니 녀석이 갑자기 원망스러운 눈빛을 한 삼 초간 나에게 발사한 후에야 차에서 내려 내게 안겼다.

계속 안고 토닥이면서 한 얘기를 또 반복해주었다. 얼마간 안기고서야 내려간 녀석의 얼굴이 다시 밝아져 있었다.

정말 놀라웠다. 아, 아이들은 다 기억하고 있구나. 무엇을 함부로 행할 수 있을까. 아이가 더 커서 이런 기억과 상처들이 무의식의 저 너머로 달려가기 전에 내가 사과할 기회가 생겼으면 좋겠다는 생각이 들었다. 물론 그런 일이 많지 않기를 바란다.

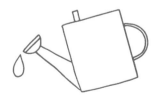

이성과 감정

나는 MBTI나 에니어그램 같은 성격 유형별 검사를 하면 이성을 더 중요시하는 사람으로 나온다. 다시 말해 감정이 열등인 셈이다. 어떤 부분이 열등이란 건 그 부분이 없다기보다 그 부분을 다루는 데 좀 서툰 사람인 거라 생각한다.

나는 감정이 올라오는 걸 힘들어하고 부담스러워하는 편이다. 왜냐하면 잘 다루질 못하니까. 그렇다고 화를 안 내는 사람은 아니었지만, 화가 나면 일단은 머릿속으로 정리를 한 뒤 말로써 해결하려고 노력한다. 하지만 아이를 키우면서 가끔 돌출되는 나의 낯선 모습에 놀랄 때가 많다.

나는 점점 감정적인 사람이 되고 있나 보다. 얼마 전 남편이 나를 보고 감정의 기복이 심하다는 평을 했는데 평생처음 듣는 말이었다. 아닌 게 아니라 바로 얼마 전에도 감정 폭발을 경험했다. 심지어 어떤 물리적인 행동을 하기도 했다. 물론 어떤 행동을 할 때 경계를 잘 긋고 조심해야겠지만 이젠 안에서 해결을 보려는 습관을 좀 버리고 쌓인 화를 건강하게 분출할 수 있는 연습을 해야겠다는 생각이 들었다.

뭐 모두 골고루 있어야 조화로운 인간이겠지. 두 가지 모두를 편하게 여길 수 있는 사람 말이다.

아무것도 하지 않고 채우기

어쩌다 평일에는 아이와 함께 예술의 전당에 간다. 물론 공연을 보러 가는 것은 아니다(그랬으면 오죽 좋으랴). 이유는 상당히 육아적이다. 그곳 음악 분수대 앞이 넓어 시야가 확보되기 때문에 아이를 풀어놓고 나도 아이도 편히 쉴 수 있기 때문이다.

오늘은 아이가 새벽에 일어난 탓에 아침 일찍부터 채비를 해서 집을 나왔다. 새벽에 깬 아이는 가는 도중 차에서 잠이 들었다. 잠든 아이를 유모차에 태우고 담요도 단단히 둘러준 채 광장으로 나왔다. 이르다면 이른 시간이라 아직 카페도 열지 않았고, 사람들도 거의 없었다. 한적하지만 날씨도 좋고 기분도 좋았다.

자판기가 눈에 들어와 커피 한 잔을 뽑아 볕 좋은 자리에 앉았다. 좋은 자리에 맛있는 커피, 게다가 아이도 자는 혼자 시간 보내기에 환상적인 조건이었다. 그런데 아이를 챙겨 급히 나오는 바람에 책 한 권, 노트 하나 챙겨 오지를 않았고, 소일거리로 삼을 것이라곤 아무것도 없었다.

그래서 그저 오픈 준비하는 카페며, 먼 산이며, 지나가는 사람들이며, 건물이며, 그저 아무 목적 없이 시선이 닿는 대로 이것저것을 바라보았다. 때론 생각하고 때론 생각하지 않고, 아무것도 하지 않은 채로 말이다. 그런데 이상하게도 심심하지도 뭔가 조바심이 나지도 않았다.

아무것도 안 하는 그대로 채워지는 기분이랄까. 이런 시간이 언제였는지 기억도 나지 않았다. 늘 무언가 했고, 또 그래야 한다고 생각하며 살아왔다. 관성처럼 아무것도 하지 않는 건 잘못이라고만 말이다. 하지만 그게 맞았을까. 채우면 비우는 것도 필요한 법이다. 아이가 깨기 전 한 시간 남짓 비어 있던 시간의 충만함이 오래 기억될 것 같다.

이도 저도 안 될 땐 부탁하기

어제오늘 컨디션이 영 안 좋은 아이. 아침부터 징징거림이 심했다. 뭘 해줘도 안 해줘도 징징거리는 통에 집안일하는 것도 화장실을 가는 것도 힘들었다. 그야말로 아무것도할 수가 없었다.

날도 춥고 둘 다 감기 기운이 있어서 집에 있으려다 바깥바람을 쏘이면 좀 나아질까 싶어 무리해서 외출도 하고 돌아왔건만! 녀석이 저녁을 먹다 말고 의자에서 내려가서는밥을 먹고 있는 나에게 빨리 와서 빠방 놀이를 하자고 징징대기 시작했다.

막 입으로 떠 넣으려던 밥숟가락을 내려놓다 말고 아, 언제까지 밥도 눈치를 보고 먹어야 하나. 세상에 무슨 일을하든 식사 시간 보장은 기본 아닌가. 이건 정말 너무하다는생각이 들었다. 그래서 딱 아이 수준으로 다가가서 유치하게 소리 지르기 일보 직전, 초인적인 힘을 발휘해 잠시 숨을 골랐다. 화를 내는 대신 어디선가 읽은 육아서의 팁대로 인간 대 인간으로 정색을 하고 부탁했다. 정말 그런 심정이었다. 아이한테 하는 말이 아니라.

—엄마 부탁 좀 하자. 밥 좀 먹을게. 엄마, 아직 밥을 못 먹었어. 엄마는 밥 먹고 싶어.

내 말이 끝나자 몇 초간 나를 말없이 보던 녀석이 엄마 밥 아직 안 먹었냐고 물었다(몰랐냐!). 그러더니 슬그머니 거실로 돌아가서 조용히 혼자 빠방 놀이를 했다. 오, 이거 먹히네. 물론 정말 절박한 심정을 담아서 말을 했기 때문에 그게 전달된 게 아닐까 싶긴 하다. 자주는 안 통하겠지만 가끔, 써먹어야겠다.

누구의 잘못도 아니지만

요즘도 남편은 거의 평일엔 야근이다. 주말엔 그런대로 쉬는 편이니 그나마 다행이라고 해야 할까. 그런 남편이 어제 모처럼 일곱 시에 왔다. 몇 달 만인지. 아이가 흥분해서 잘 시간이 늦어진 게 흠이지만, 평소와는 아주 다른 저녁 일과를 보냈다.

늘 아이 때문에 음식도 허둥지둥 만들고 밥도 서서 먹거나 그나마도 제대로 끝까지 먹지 못하기 일쑤다. 오랜만에 제대로 요리해서 끝까지 의자에 앉아 먹었다. 느긋하게 설거지도 했다. 평소엔 아이가 자야, 아니면 아이랑 같이 설거지 아닌 설거지를 해야 했다. 부엌 정리를 마치고 남편이 아이에게 책을 읽어주는 동안 반신욕까지 하고 나왔다.

그러고 나니 정말 하루의 피로가 다 날아간 기분이었다. 고작 저녁을 먹고 설거지를 하고 목욕하는 것. 그것만으로도 이렇게 살 것 같다는 게 참. 남편이 칼퇴근을 할 수 있다면 나는 얼마나 다른 삶을 살게 될까.

평일에 아빠가 일찍 귀가하지 못한다는 건 엄마도 퇴근하지 못하는 것과 같다. 엄마도 똑같이 야근하는 것이다. 출퇴근의 개념으로 이해하면 간단하다. 아이가 눈을 뜨는 시간부터 잠들 때까지, 일곱 시부터 아홉 시까지 쉬는 시간이나 밥 먹는 시간도 없이 죽 일하는 것과 뭐가 다른가.

주말엔 양가에 방문할 일이나 경조사에 참석할 일도 많고, 하다못해 우리끼리 놀러 가는 것도 어떨 땐 너무 피곤하다. 그렇다고 집에서 그냥 쉬자니, 집이 직장인 나에겐 쉬는 게 아니고. 무엇보다 지금 생각해보면 개인 시간을 가진 편인데도 왜 욕구가 해소되지 않을까 싶었는데 이 피로도 때문인 것 같다. 남편의 야근. 그건 뭐 남편도 마찬가지일 것이다. 주말에 신경전이 잦은 것도 이것 때문인 것 같다.

그런데 이게 누구 잘못도 아닌 거고, 남편을 탓할 수도 없다. 남편도 가정적인 편이라 일찍 오지 못하는 것에 대해 스스로 스트레스를 많이 받고 있겠지. 하지만 회사에 다니는 한, 어쩌겠나. 룰에 따라야지. 회사를 그만두지 않는 한

이 패턴을 벗어날 수 있을까.

오늘도 회식한다는 남편에게 괜히 툴툴거린 뒤 아이를 안고 앉아 있자니 참 희망이 안 보인다. 할 수 있는 게 뭐가 있을까.

'나'에 다시 익숙해지기

아이가 어린이집에 등원한 지 십육 일째. 그동안은 적응 기간이라 낮잠을 자지 않고 하원을 했다. 어제 하원할 때 선생님이 내일부터 낮잠을 시도해본다고 하시기에 평일 낮에 지인을 만나(아이 낳고 처음이었다) 브런치를 먹었다.

담임 선생님이 낮잠 시간에 아이를 재워보고 힘들면 연락을 주겠다고 한 터라 평소 하원 시간인 한 시를 넘겨 집으로 돌아오던 중이었다. 어린이집에서 전화가 왔다. 지금 잠들었고 조금 울긴 했지만 이 정도면 성공적이라는 담임 선생님의 말을 듣고, 그때부터였을까, 속이 울렁거리기 시작했다.

왜였을까. 울렁거리던 속에다 고프지도 않은 배에 오는 길에 산 빵을 꾸역꾸역 먹다 보니 세 시쯤 깼다는 전화를 받고 나서는 체기가 올라왔다. 헐레벌떡 뛰어가 아이를 집에 데리고 오니 옆구리와 등 뒤가 막 결리기 시작했다. 이제 데리고 왔는데 놀아줘야 하는데, 갑자기 앉아 있기도 힘든 상황. 급기야 친정 엄마에게 SOS를 치고 약을 먹고 파스를 붙이고 초저녁부터 누워 잠이 들어버렸다. 엄마가 옆에서 보니 계속 끙끙거리며 가위에도 눌렸는지 헛소리도 했다고.

십육 일 동안 몸도 마음도 편하기만 했던 게 아니었나 보다. 보냈으니 편히 지내면 되지, 누가 봐도 이해하지 못할 감정들. 지난 삼십육 개월 동안 누리지 못했던 많은 것들과 참기 위해 싸워왔던 많은 것들, 그리고 쌓여왔던 감정들. 뭐 그런 잊고 있던 것들이 한꺼번에 올라오는 기분이랄까.

아이와 늘 한 몸으로만 살다가 갑자기 몸의 반쪽이 떨어져 나간 느낌. 그동안 내가 이렇게 무의식 속에서 의도하지 않게 아이와 밀착이 되었나, 이 정도나 되었나. 난 늘 내가 자유를 원한다고 나 자신을 원한다고 생각해왔는데 이젠 나 혼자인 게 낯설 정도로, 그런 시간을 지나왔구나 하는 감정이랄까.

결국엔 앞으로 해결해야 할 것들이란 건 아는데 한동안

좀 힘들겠다. 그래도 결국 찾아야겠지. 한번 호되게 앓았으니 툭, 털고 일어나야겠다. 다시 나에게 다가갈 수 있도록.

도어 이즈 오픈

요즘 아이는 자기 마음대로 안 되면 마구 소리를 지른다. 그래서 그 버릇과 전쟁 중이다. 반응을 안 해보려고 했지만 내가 소리에 민감하여 실패하고 대신 타임아웃으로 들어가고 있다. 경고 후 멈추지 않으면 방으로 고! 문을 조금 열어두고 나온다.

어제도 놀이 중 예의 그 상황. 경고 후에도 멈추지 않아, 방에 데려다 놓고 잠시 나와서 내 볼일을 보고 있었다. 이젠 울지도 않고 계속 소리를 지르던 녀석이 갑자기 멀쩡한 목소리로 누군가와 말을 했다.

—아빠야? 나야. 엄마? 엄마는 화났어. 내가 소리 질러서 엄마가 화났어. 그래서 갇혔어.

마침 방에 있던 내 휴대폰으로 걸려온 아빠의 전화를 받은 거다. 혼자 전화를 받은 것에 놀랄 새도 없이 천연덕스럽게 대화를 이어가는 모습이라니. 잘못하고 벌 받으면서 나랑은 한마디 말도 안 하고 자기가 뭘 잘못했냐고 온몸으로 항변하던 녀석이 인과관계를 다 알고 있었던 거다. 엄마가 왜 화가 났는지 말이다. 그것도 괘씸한데 게다가 갇혔다고 아빠한테 고자질까지? 이제 쓸 머리는 다 쓰는구나 싶다. 내 머리만 아프다.

그런데 말이야, 가둔 거 아닌데. 문 열려 있었거든!

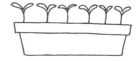

개구리, 올챙이 적 생각

마트에서 돌아오는 길, 차 안. 녀석이 창밖을 쳐다보며 짐짓 진지하게, 실은 꽤 진지하게 입을 열었다.

—나 아까 마트에서 떼 안 부렸지?!(물음표보단 느낌표에 방점)

둘 다 속으로 쿡쿡, 웃으며 남편이 대답해줬다.

—그래, 맞아. 그런데 네가 너무 뛰어다녀서 아빠가 좀 힘들었어.
—나도 아빠가 뛰어다닌다고 화내면 힘들어.
—네가 뛰어다니면 위험할까 봐 아빠가 화가 나는 거지.

잠시 대답 대신 우리 쪽을 억울한 표정으로 보던 아이가 반격을 해왔다.

—아빠도 어렸을 때 그랬을 거 아니야!

깜짝 놀라 할 말을 잊은 채 웃음이 나왔다. 아직 세 살밖에 안 된 녀석이 저런 식의 대화가 가능했던 것도 놀라웠지만, 아이가 우리의 허점을 이리 잘 알고 공격할 줄이야. 방심했다. 그래, 우리도 그랬지. 개구리 올챙이 적 생각을 못 한다는 그런 얘기지, 이거야말로.

한참 웃다가 또 웃지 말라는 녀석의 강한 어필(자신의 얘기나 행동에 귀엽다고 웃으면 기분 나빠한다, 자기를 동등하게 대우해달라는 거지, 맞는 말이고)에 한 방 더 맞고 정신을 차린 후 얘기해줬다.

—그래, 맞아. 엄마도 아빠도 어렸을 때 그랬어. 잠깐 깜빡 잊었었나 봐. 이해 못 해줘서 미안해.

진심으로 사과. 그래도 마트에서 뛰어다니는 건 안 돼. 위험하단 말이야!

엄마의 시계는 거꾸로 흐른다?!

거실에 놓여 있는 아빠 물건에 손대지 말라고 여러 번 주의를 준 뒤였다. 그런데도 자꾸 만져서 모든 물건이 다 네 것은 아니라는, 나름의 육아 철학을 담아 이야기를 시작했다.

─집에 있는 물건이 다 네 것은 아니야. 엄마 아빠 것도 있어. 그리고 엄마 아빠 것 중에 만지지 말라고 하는 건 만지지 말아줘.

그랬더니 아들 녀석이 하는 말.

─알았어. 그럼 장난감은 내 거지? 엄마 아빠도 만지지 마, 내 장난감.
─(잠시 실소) 알았어, 좋아. 엄마 아빠는 네 장난감 안 만질게. 그럼 너 혼자 장난감 가지고 놀면 되겠네.

자기 꾀에 자기가 넘어갈 찰나. 허를 찔린 녀석, 금세 전략을 수정한다.

　—아니야, 혼자 갖고 놀면 재미없어. 같이 갖고 놀아야 해. 엄마 장난감 만져.
　—(큭큭) 알았어, 만질게.

사태는 수습했지만, 왠지 입맛이 쓴 듯한 표정의 아이. 잠시 뒤돌아섰던 녀석, 역시나 한마디를 던진다.

　—근데 엄마가 아기가 되면 엄마는 내 거 만지면 안 돼!
　—뭐?
　—엄마가 아기가 되면 내 거 못 만지게 한다고.

그렇게라도 복수를 해야겠다는 거지! 시간은 거꾸로 흐른다, 냐 뭐냐. 엄마도 제발 좀 그랬으면 좋겠다! 아이 덕에 회춘을 다 하겠다.

물러설 때를 알아야

아이가 세 돌이 넘어가면서 인간적인 대화가 가능해지자, 내 맘대로 베드타임 토킹이라고 잠자기 전, 침대에 누워서 하루에 관해 이야기 나눠보는 시간을 가지곤 한다.

　—아까 엄마가 소리 많이 질렀지. 화도 많이 냈고.
　—응, 맞아.
　—엄마가 왜 그랬을 것 같아?

이런 시간을 통해 밥 먹을 때 태도가 좋지 않아 혼났던 일에 관해 얘기해보려던 순간, 그러니까 슬쩍 교육적 효과를 노리던 그 순간, 아이는 얄팍한 엄마의 꾀에 결코 쉽게 넘어오지 않았다. 그래, 그럴 리가. 그렇게 쉽게 갈 리가. 재차 물음에도 대답을 하지 않던 아이가 한참 만에야 입을 열었다.

―나는 엄마랑 조용히 자고 싶어.

푸핫. 하기 싫은 이야기를 하니 딴소리하기는. 곤란한 질
문은 삼가달라는 거지. 아이의 말을 가끔은 찰떡같이 알아
들을 줄 알아야 한다. 병법에만 나오는 말이 아니라 육아에
서도 물러설 때를 알아야 한다. 기회는 또 오겠지. 오늘은
이만 후퇴. 그래, 조용히 자자.

그렇게 힘들면

시험공부와 회사 일로 퇴근이 늦은 편인 남편. 여느 날처럼 아이와 둘이 저녁을 먹고 설거지를 하고 있는데 거실에서 블록 놀이를 하던 녀석이 슬그머니 내 쪽으로 다가오더니 한마디 던졌다.

—아빠가 계속 계속 회사에서 일하려면 힘들겠다.
—(아빠만 힘들 것 같니!) 그래, 힘드실 거야. 근데 엄마도 힘들어. 엄마는 혼자 밥하고 설거지하고 청소하고 빨래하잖아. 매일매일. 아무도 도와주는 사람도 없고.

잠시 생각하던 녀석, 내 말은 안중에도 없고 어쩔 수 없이 맞장구를 치며 심드렁하게 돌아서다 갑자기 돌아보더니 힘주어 또 한마디를 던졌다.

—나도! 나도 힘들어! 나도 엄마랑 아빠랑 기차놀이하고

빠방 놀이하고 자전거도 타고 그림도 그리고 풍선 놀이도 하느라 나도 힘들다고.

아이의 말에 실소가 터져 나왔다. 그렇게 힘들면 안 놀아줘도 되는데, 라는 소리가 목구멍까지 나왔지만, 꾹 눌러 참았다. 우리 가족 모두 힘드니까 서로 잘 도와주자, 했더니 고개를 크게 주억거리며 아까와는 달리 가볍게 걸어가는 아이.

엄마, 아빠랑 놀아주느라 힘들었을 테니 오늘은 그만 푹 쉬어도 돼. 어디까지나 네가 힘들까 봐 그러는 거야. 진짜야.

모든 게 바뀐다

거실을 아이를 위한 서재로 만들기 위해 TV를 안방에 들여놓았다. 그래서 아이가 잠든 후에는 TV를 볼 수가 없는데, 아이를 안방에서 재우고 있기 때문이다. 낮에도 TV 시청을 하지 않으므로 이렇게 되면 온종일 TV를 볼 수 없다는 말이 된다.

어렸을 때부터 내 별명은 'TV 박사'였다. 부모님 집에선 항상 TV를 틀어놓고 살았고 결혼 전엔 내 방에 늘 따로 TV가 있었다. 집에 들어오는 순간부터 잠자기 전까지 TV를 틀어놓았고 나에겐 그냥 하나의 일상이었다. 우습게 들릴지도 모르지만, TV를 볼 수 없다는 건 나에겐 꽤 용기가 필요한 일이었다.

하지만 아이를 낳고 나니 절대 바꿀 수 없는 건 별로 없다. 내가 뭘 좋아했든 뭘 싫어했든 모든 건 다 바뀐다. 덕분에 멍하니 TV를 보고 누워 있을 시간에 작은 방에서 책을 읽거나 이런 글이라도 끄적거리거나 컴퓨터로 영화를 보게 되었다는 것은 긍정적인 변화일 테지. 하지만 가끔 마음 한구석에서 'TV 박사'의 외침이 들려올 때가 있다.

너, 이렇게 변해도 되는 거니!

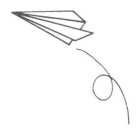

당신은 수다쟁이

아이는 수다쟁이가 되려나 보다. 날이 갈수록 말이 많아진다. 물론 나이에 비해 말이 좀 빠른 편이긴 했다. 말이 빠르면 뭐하나. 말할 때만 멀쩡하고 떼쓸 땐 말 안 통하긴 마찬가지라 좋은 점은 도통 모르겠다. 수다, 라는 부작용만 낳을 뿐이다.

어제저녁, 온종일 아이와 꽉 찬 하루를 보내고 에너지가 바닥이 나서 식탁에 앉아 겨우 한술 뜨는 중이었다. 그런데 이 녀석이 정말 한시도 쉬지 않고 밥 먹으면서도 놀면서도 그냥 그대로 말로, 모든 걸 다 말로 설명을 했다. 딱히 나에게 말을 시킨 건 아니었지만 내가 말을 해야 해서 힘들다기보다 그냥 좀 조용히 있고 싶을 때가 있지 않나. 문득 아이를 쳐다보며 말했다.

　—넌 말이 참 많구나….
　—응! 난 말이 많아!

또 블라블라. 쌀라쌀라. 쏟아지는 말 홍수.

오늘 저녁에도 잠자기 전까지 한시도 입을 쉬지 않더라니(물론 몸도 쉬지 않고!). 겨우 재우고 한숨 돌리고 앉아 있다 보니 갑자기 아이의 앞날이 좀 걱정도 되더라는. 원래 말 많은 사람은 누구나 싫어하지 않나. 아니, 엄마가 싫다는 건 아니야. 진짜야!

네고시에이터

저녁식사 시간 때 밥은 안 먹고 장난치며 돌아다니는 아이에게 "넌 먹지 마!" 소리를 지르고 혼자 식사를 마친 뒤 정리를 하고 있었다. 평소 아이가 잘 안 먹는 걸로 속을 끓여온 나는 어쩌다 한 번씩 이렇게 밥을 먹다가 성질을 부리곤 한다. 분위기가 안 좋다는 걸 눈치챈 녀석이 슬금슬금 다가오더니 대화를 시도했다.

─장난감 던진 거 미안해.
─그래, 엄마도 소리 지른 거 미안해.
─응, 엄마가 소리 질러서 무서웠어!
─그래, 그랬구나. 엄마가 화가 나고 속상해서 그랬어. 엄마는 네가 밥을 안 먹으면 화가 나. 걱정도 되고.
─응, 알았어. 다음엔 안 그럴게. 나도 안 그럴 테니까 엄마도 소리 지르지 마! 그리고 우리 이제 화해하는 게 어때!

아, 그러니까 녀석 나름 뭔가 네고를 하러 온 거였던 건가. ~하는 게 어때! 라니. 이런 말은 어디서 배운 건지, 원. 이런 스킬로 네고가 되겠냐마는 귀여우니까 봐준다. 어쩌면 아주 강력한 무기가 될 것도 같다. 대신 엄마한테만 써 먹는 걸로 약속~.

엄마가 기다리고 있을게, 기쁘게

몇 달 전에 아이와 사이판으로 여행을 갔었다. 지난 여행 사진을 보다가 문득 그날의 기억이 떠올랐다.

사이판에서 돌아오던 날이었다. 숙소의 식당에서 저녁 식사를 마치고, 그러니까 마지막 일정을 마치고 방으로 돌아가려는 참이었다. 갑자기 남편이 아쉬우니까 혼자 저녁 수영을 하겠다고 했다. 혼자? 난 당연히 하지 않을 생각이었지만, 아이는? 아이가 혼자 수영하는 아빠를 보고만 있을 것인가. 아이가 수영하기엔 밤의 수영장 물은 그다지 따뜻하지 않을 텐데, 하는 생각이 들었지만, 마지막 날이니까 이제 우리는 몇 시간 후면 한국으로 돌아가야 하니까, 아무 말 하지 않기로 했다.

역시나 아이는 아빠를 따라 수영장에 들어가고 싶어 했다. 예상했던 낭패감이 들었지만, 숙소에서 수영복을 챙겨

온 것이 그나마 다행이라고 해야 할까. 아이가 한껏 들떠서 아빠와 물속으로 들어가는 걸 보며 난 방에서 챙겨온 맥주 캔 뚜껑을 땄다. 이것이 나의 아쉬움의 세리머니군. 석양이 깔리기 시작한 풀장엔 당연한 얘기지만 사람들이 별로 없었다. 낮 동안의 소란스러움이 싹 가신 수영장에서 선베드에 앉아 맥주를 마시고 있자니 마음이 이상하게 착 가라앉기 시작했다.

풀장 가운데서 한참 놀던 아이가 아빠에게 안겨서 내 쪽으로 왔다. 둘은 즐거워 보였다. "엄마 이것 봐!" 즐거움과 뿌듯함이 섞인 아이의 표정을 보자 갑자기 묘한 슬픔이 찾아왔다. 아이가 아빠와 함께 다시 풀장 가운데에 있는 상어 조형물로 가면서 즐겁고도 명랑한 목소리로 외쳤다. "엄마, 금방 갔다 올게! 엄마, 기다려!"

아이의 모습을 보다가 예상치 못한 눈물이 쏟아졌다. 아이가 즐겁게 작별 인사를 할 수 있다는 게 감사하단 생각이 들었다. 즐겁게 떠날 수 있다는 건 언제라도 돌아올 수 있다고 믿기 때문이니까. 언제라도 엄마한테 그렇게 즐겁게 작별 인사를 할 수 있기를. 언제라도 두려움 없이 기쁘게 떠날 수 있고 언제라도 그렇게 돌아오기를 바랐다.

엄마가 기다리고 있을게, 기쁘게.

2부

아이 둘과 같이 자라기

셋에서 넷으로

예상치 않은 일이라고 말할 수는 없지만, 예상한 일이라고도 말할 수 없는 그런 일이 일어났다. 내년이면 가족 구성원이 셋에서 넷으로 변하게 된 것이다. 오늘 병원에 가보니 삼 주 정도 되었다고 했다. 초음파로 아주 작은 아기집만 보고 돌아왔다.

기뻐하는 남편과 달리 나는 기쁨과 설렘보다 걱정과 부담이 거의 팔 할이다. 첫아이를 가졌을 때와는 달랐다. 그건 아는 자와 모르는 자의 차이일 테지.

내 딴에는 쉽지 않은 시간을 보내왔고 지금도 진행 중이다. 이제야 아이를 기관에 보내고 내 일을 해볼까 하는 생각을 하던 차다. 아이가 하나도 아니고 둘이라면 내 삶을 살 수 있을까. 내 인생은 이제 끝이 아닐까. 이런 생각이 들지 않는다면 거짓말일 테다. 늦은 나이에도 둘째 임신을 오래 주저한 아주 근본적인 이유다. 그래서 그냥 운명에 맡겼는데 이게 내 운명이라면 어쩔 수 없지.

　하지만 오래 생각해보지 않아도 알겠다. 내 인생을 가로
막는 게 어디 아이인가, 나지. 어쩌면 핑계를 댄 것일지도
모르겠다. 제대로 살지 못하는 핑계를. 다시 살아보자, 아이
가 아니라 나를 위해서, 이제 정말 내 인생을 위해서.

힘들지만 준비가 필요해

동생 만날 준비를 하는 걸까. 문득 큰아이를 보니 많이 컸다. 엄마가 정신없는 사이에 미안하게도 말이다. 입덧이 좀체 가라앉지를 않아 아무 일도 제대로 할 수 없는 요즘이다. 제대로 먹질 못하고 먹는 족족 토하기만 하니… 큰애 때와 비교하면 더 심한 편이다. 오죽하면 새벽 두 시에 퇴근한 남편이 설거지를 하겠나.

잠도 설친 데다 아침부터 메슥거리는, 힘겨운 몸을 이끌고 아이와 어린이집을 가려고 나왔더니 갑자기 안아달라는 녀석. 몸은 힘들었지만, 아이의 간절한 눈빛을 보니 거절할 수가 없어 엘리베이터까지야, 하고 안아줬다. 그러자 걸어가면서 아이가 이런 말을 했다. "내가 조심할 거야. 뱃속 아가 안 다치게." 그러면서 아주 얌전히 안겨 내 얼굴을 만지작거렸다. 그제야 참고 있던 마음이 스르륵 펴지며, 새삼 아팠다.

동생이 태어나면 큰아이가 포기해야 할 것들이 점점 늘어갈 것이다. 솔직히 둘째는 큰아이 때문에 결심한 부분도 있는데 괜히 마음이 복잡해졌다. 아니다. 복잡해도 힘들어도 준비가 필요한 거지. 아이도 이렇게 잘 견디고 있지 않나. 이 또한 나 역시 지나고 넘어가야 할 감정이겠지. 겪어야 할 것들을 그래도 피하지 않고 다 겪다 보면, 그러고 나면 보이는 게 있겠지, 싶던 어느 날 아침 등원길.

브레이크 밟기

두 다리를 쓰지 못하는 아프리카의 어느 소년에 대한 다큐멘터리를 봤다. 물을 긷기 위해 험한 길을 기어오던 아이의 무릎은 다 까져 있었다. 그런데도 아이는 괜찮다며 아무렇지 않게 피를 닦는 거였다. 그 장면을 보다가 왈칵. 학교에 갈 돈이 없어서 교실 밖에 주저앉아 선생님 말씀을 듣는 아이. 아이는 포기하지 않고 공부를 계속할 거라고 해맑게 말했다. 그 장면에서 또 왈칵. 불쌍해서가 아니라 부끄러워서.

참 창피한 얘기지만 둘째를 임신하고 많이 우울했다. 입덧도 입덧인데 감기가 한 달째 안 나았다. 약도 함부로 먹을 수 없고 기침에 코막힘에 입술과 코도 헐고. 몸 상태가 정말 최악이다.

그래, 때는 이때다. 자기연민에 아주 푹 빠져 살았다. 몸이 아프면 몸만 아프면 되는데 맘이 더 아팠던 것 같다. 앞으로 내 인생은 어떻게 되는 거지. 답답하고 희망이 없고 즐거움도 없고 기대도 없고. 둘째에 대한 부담감, 책임감과 더불어 지난 육아에 대한 회한, 그리고 이런 삶을 더 살아야 한다는 두려움. 모든 것이 범벅이 되어 마음속이 엉망이었다.

그렇게 며칠을 보내고 나니 문득 깨달아졌다. 다큐멘터리 속 아이가 그 참담한 생의 고통 속에서 희망을 잃지 않듯이 희망은, 행복은 그냥 저절로 오는 게 아니구나. 내가 만들어야 하는구나. 부끄럽지 않게. 나에게도 가족에게도. 그래서 오랜만에 펑펑 울고 이만 브레이크를 좀 밟아야겠다. 뱃속에 둘째도 있으니 급정거는 안 되고 부드럽게 꾸우욱 밟기.

제자리에만 갖다 놓으렴

아이가 네 돌이 넘어가자 말하는 수준이 날이 갈수록 업그레이드되어 적응하기가 쉽지 않다. 우리를 당황스럽게 했던 몇 개의 에피소드.

어린이집에서 산타 파티하고 돌아온 날. 어쩐지 아이 표정이 뚱하기에 남편이 "재미있었어?" 하고 몇 번 물었다. 아이가 재미있었어, 하고 대답을 하긴 했는데 표정은 영 아니올시다였다. 그래서 한 번 더 물은 남편. "재미있었어?" 그러자 갑자기 아빠를 꽤 시크한 표정으로 쳐다본 녀석. "왜? 재미없어 보여?!"

아이가 있는 집은 연휴가 원래 더 힘든 법이다. 뇌가 난 우리 부부. 아이가 놀자고 몇 번 말을 했는데 잠시 딴짓을 했더니(뭐 한시도 가만 놔줘야 말이지) 훈계조의 말을 늘어놓았다. "왜 이렇게 엄마 아빠는 말을 안 들어! 그러면 산타

할아버지가 선물 안 준다!"

나들이에서 돌아오는 길. 차에 타자마자 아이가 말했다. "나는 점점 힘들어지고 있어."(카시트에 앉아 있는 게 힘들다는 뜻.) "빨리 집에 갔으면 좋겠어. 아빠, 왜 이렇게 천천히 가?" 앞이 조금 막혀서 속도가 느려지자 아이 왈, "아빠, 그게 아빠의 최선이야!? 실력을 보여달라니까! 좀 더 최선을 다해보지!"@@

이제 아주 아빠, 엄마를 가지고 논다, 놀아. 장난감 정리하듯 잘 놀고 제자리에만 갖다 놓아주렴.

솔직하게 마음 이야기하기

잠자기 전 하루를 정리하는 베드타임 스토리를 가장한 자기 반성의 시간. 아이도 나도. 어제 아침 어린이집 갈 시간에 늦게 준비한 아이에게 화낸 상황에 관해 이야기하는 중.

―엄마는 왜 그렇게 화를 내.
―네가 빨리 준비하지 않았으니까. (뭔가 궁색하다.) 화날 때도 있는 거야. 그렇지만 화낸 건 미안해.
―엄마가 무섭게 화를 내면 내가 얼마나 무서운지 알아!

할 말이 없는 건 나일 뿐이고. 아이는 자기 마음을 잘 이야기해주었다. 엄마의 화가 자신을 무섭게 만든다고. 결론은 그래도 서로의 말을 잘 들어주자, 화 조금만 내자, 급히 훈훈하게 마무리했다.

아이랑 감정에 관해 이야기하다 보면 나 자신도 솔직해

진다. 이게 어른들 사이의 대화였다면 저렇게 솔직히 내 감정을 털어놓고 서로의 감정을 인정할 수 있었을까.

심리학에서도 관계 개선을 위해 제시하곤 하는 나 중심의 화법이 너에게 향한 비난의 화살을 거둘 방법이 될 수 있나 보다. 너 때문이야, 하기 전에 네가 이래서 난 너무 속상했어, 이렇게 말이다. 어른은 생각해야 겨우 하나 아는데 아이들은 그냥 본능으로 아는 것 같다.

너밖에 없어

잠자리에 들 시간. 나는 누워 있고, 아빠가 화장실 들어간 김에 양치하라고 아이를 보냈더니 화장실에서 부자가 나누는 대화가 들려왔다.

—아빠! 엄마가 화장실 바닥을 다 닦았어!(그저께인가 바닥 청소를 한 적이 있는데, 그 이야기를 하는 듯.)
—음, 그랬구나.
—그런데 엄마가 아주 힘들었어. 그런 건 아빠가 해주면 안 돼? 엄마는 동생 때문에 힘들단 말이야!

난 그 소리를 듣고 방에서 웃음이 터졌고 남편은 민망하고 당황하여 연신 사과 중이었다.

너밖에 없어, 라는 말이 절로 나왔다. 요즘 남편이 주말에도 출근할 만큼 바빴다. 입덧 때문에 힘들던 임신 초기가 지나니 움직이기 불편하지 않아 간단한 청소는(욕실 청소는 좀 무리였지만) 그냥 혼자 하곤 했는데, 큰아이가 그 모습을 보고 이런 생각을 하고 있을 줄이야.

말은 안 해도 동생에 대해 인식하고 있고 엄마가 힘들다는 생각도 할 줄 아는구나 싶어 기특한 마음이 들었다. 앞으로도 그 마음 변치 말길. 물론 변할 거라는 건 안다만.

싸움도 현명하게

남편과의 가벼운 말다툼 때문에 분위기가 좀 싸했던 점심 나절. 분위기야 이미 파악했을 아이가 좀 전에 산 로봇을 짐짓 모른 척 혼자 갖고 놀더니 문득 소곤거리는 목소리로 내게 말했다.

—왜 웃음이 사라졌어?
—아빠가 엄마한테 화났나 봐.
—음, 그렇구나.

다시 놀이에 몰두하던 녀석, 잠시 후 한마디를 더 했다.

—아빠가 엄마한테 실망했어?
—그런가 봐.
—아빠한테 안 물어봤어?

아이의 말을 듣고 보니 왜 서로의 마음이 상했는지는 전달하지 못하고 비난만 했다는 생각이 들었다. 결국 식사를 다 마치기 전에 서로 자신의 감정을 전달하고 잘못한 건 인정하는 과정을 거쳐 마음을 풀었다. 아이가 보는 앞에서 말이다.

부부는 언제든 싸울 수 있다. 안 싸우는 부부가 건강하다고 생각하지도 않는다. 어떻게 안 싸운단 말인가. 다만 아이 앞에서 솔직하게 불편한 감정을 인정하고 갈등을 해결하는 모습을 보여준다는 전제라면 싸움도 약이 될 수 있다고 생각한다. 어릴 적 부모님의 싸움이 어떤 부분에서 아직도 상처로 기억되는 건 그 갈등의 해소 장면을 목격한 적이 없기 때문일 터. 어쨌거나 부족한 부모를 일깨워줘서 아이에게 고마웠던 하루.

임신부의 올바른 자세란

정말 둘째는 이래서 부채감이 생기는구나 싶은 게 첫째 때와는 다르게 무엇 하나 임신부의 자세로 살지 못한다. 무거운 것(물건이 아니라 아이)을 하루에도 몇 번씩 들고 집 안일에도 몸을 사리지 않는다. 첫째 임신했을 때는 그냥 소파에 누워 TV나 보는 게 일이었는데 지금은 잠시 앉아 있기도 힘들다. 앉아 쉬는 게 뭔가. 유치원 버스를 잡거나 애를 쫓아가기 위해 뛰기도 하는데.

어쨌든 몸을 보호할 수 있는 상황이 아니니 마음의 안정이나 평화, 이딴 건 물론이고 태교라는 건 생각도 못 하고 있다. 훈육하다가 감정을 추스르지 못해 소리 지르고 화내기 일쑤이니. 평범한 일상 자체가 무리다.

다른 건 다 그렇다 치더라도 무엇보다 먹는 것이 큰아이 때와는 다르다. 아이가 있다 보니 외식을 쉽게 할 수 없고 무엇이든 손수 해서 먹어야 한다. 그것도 다 아이 위주의 식단이다. 둘째는 입덧도 심하고 특별히 입맛도 없긴 하지만 있어도 힘들었을 뻔했다. 찾아 먹을 여건이 되어야 말이지.

그러던 중 최근 들어 참외가 먹고 싶어졌다. 아직 제철이 아닌데 마트에 갔다가 참외를 보곤 참지 못하고 사 왔다. 물론 저렴한 것으로. 아이가 먹고 싶다고 했으면 비싸도 샀을 텐데. 가격 때문인지 아니나 다를까, 한 개만 괜찮고 나머진 먹을 만하지 않았다. 그나마 좋은 건 아이에게 주고 나머지를 먹고 나니, 아, 기분 정말 별로였다.

그래도 명색이 임신부인데 이래선 곤란하다. 뱃속의 둘째에게 미안하고 무엇보다 나 자신에게 미안해서 말이다. 아이 재우고 거실에 앉아 있다 퇴근 중인 남편에게 문자를 보냈다. 크고 맛있는 참외 좀 사다 달라고.

나에 대한 약속이 먼저

큰아이가 유치원에 입학했다. 새로운 환경은 아직도 낯설고 낮잠 시간이 없어져 체력이 달리는 데다 급성장기도 겹쳐 스스로 몸살을 앓는 듯했다. 그러더니 결국 떼가 늘었다.

TV 만화를 약속한 시간보다 더 보겠다고 떼를 쓰는 녀석. 들어줄 수 없어 전원을 끄니 더 울고불고 난리가 났다. 서로에게 소모적인 상황이 끝나자 화난 엄마의 눈치를 보며 나름 만회하기 위해 울먹이며 말했다. "엄마, 말 잘 들을게." 그 말에 안심이 되는 게 아니라 씁쓸해진다. 엄마 말 잘 들으라는 게 아니야, 네가 한 약속을 지키라는 거지, 엄마 말대로 하라는 게 아니야. 그래, 넌 무슨 말인지 모르겠지.

난 그렇게 가르치고 싶지 않아도 아이는 본능적으로 살아남기 위해선 누군가의 뜻대로 하는 게 옳다고 생각하는

게다. 어쩌면 그게 가장 쉬운 방법이고. 하지만 말해주고
싶다. 제일 힘든 게 자신과의 약속이라는 걸. 누군가와의
약속이 아니라, 누군가의 뜻이 아니라. 그걸 아주 천천히,
하지만 아주 명확하게 아이에게 알려주고 싶다. 나 자신을
포함하여 말이다.

두 번 겪는 일이니

어제 아이가 사탕을 먹다 목에 걸리는 응급 상황이 발생했다. 아이가 얼굴이 빨개져서 나에게 걸어왔는데(목이 막혀서 울음소리도 못 내고) 본능적으로 상황을 직감한 나는 아이를 거꾸로 든 채 하임리히법으로 등을 두드려 사탕을 빼냈다. 혹시나 싶어 아이를 데리고 응급실도 다녀오고, 하여간 정말 소름 끼치는 하루였다. 다시 생각해도 정말 모골이 송연하다. 조금 컸다고 방심해서 알사탕 하나를 그냥 통째로 주었다가 이 사달이 났다. 앞으로 사탕은 무조건 막대 사탕으로.

아이를 키울 때 종종 잊는 것이 있는데, 특히나 영유아들에게 집에서의 안전사고가 큰 비중을 차지한다는 것이다. 성인에겐 아무것도 아닌 것들이 아이들에겐 흉기나 무기가 되기도 한다. 웃기게 들리겠지만 사탕도 그럴 수 있다.

홑몸도 아닌데 힘을 썼더니 다음 날 아침부터 피가 비쳤다. 결국 나도 응급실행. 다행히 병원에 도착하고 피가 멈춰서 약간의 검사 후 집으로 돌아올 수 있었다.

의사의 진료를 기다리며 누워 있는 동안 앞 베드 산모가 소리를 계속 질렀다. 이야기를 듣자 하니 산모는 고통에 못 이겨 수술시켜 달라고 울부짖는 중이었고, 남편과 의사는 정상적으로 출산이 진행되고 있으니 조금만 참자고 산모를 설득 중인 상황이었다.

첫아이를 출산할 때가 생생하게 떠올랐다. 그 심정은 백분 이해하나 나중에 후회할 텐데 조금만 참아요, 소리가 저절로 흘러나왔다. 자연분만이 가능한 상태라면 그냥 하는 게 회복에도, 정신건강에도 도움이 될 텐데. 물론 속으로만. 당사자의 판단이지. 출산의 기억은 호르몬 작용으로 잊힌다고 하지만 잊히지 않는 것도 많다. 머리가 아니라 몸에 새겨지는 그런 것들은 말이다. 그 기억이 두 번째 출산엔 도움이 됐으면 좋겠다. 뭐든 두 번째는 그래도 쉬운 법이니까.

어쨌거나 의도치는 않았지만 덕분에 분만실 분위기도

미리 경험하고, 출산 전 마음의 준비까지 본의 아니게 마친 것 같다. 진짜 얼마 안 남았다.

동생 받아들이기

    둘째가 온 지 일주일이 조금 넘었다. 예상은 했지만, 큰 아이의 동생 받아들이기가 역시 쉽지 않다. 병원에 있는 동안 평생 처음으로 엄마와 길게 떨어져 있던 것도 아이에게는 쉽지 않은 일이었던 것 같다. 매일 아이의 불안한 눈빛을 보는 게 나 역시 쉽지 않기는 마찬가지다. 다 겪어야 할 과정이려니 여겨도 그때뿐 순간순간 감정에 휘둘리고 있다. 아이도 나도.

    별것도 아닌 일에 생떼를 부려 타임아웃 시간을 가졌다. 평소에도 있는 시간이지만 평소보다 마음이 백배쯤 불편했다. 지금은 평소와는 다른 특별한 시기이니 육아 원칙 같은 건 개나 줘버리고 그냥 안아주면 될 일인지도 몰랐다. 하지만 원칙대로 아이를 두고 나왔다. 나는 또 왜 그래야 했을까. 모르겠다. 항상 뒤늦게 나의 어리석음을 깨달을 뿐이다.

거실에서 조금 기다리며 들으니 겨우 진정된 듯해 방으로 들어갔다. 땀에 흠뻑 젖어 기운이 다 떨어진 아이. 나를 보고 겨우 입을 떼고 말했다.

—왜 나만 혼내고 동생은 안 혼내. 속상해….

그러고는 까무룩 품에서 잠든 아이를 안고 나도 좀 울고 났더니 오히려 담담해진다. 이제 시작일 뿐이니까. 그리고 누구 잘못도 아니니까. 같이 크자꾸나. 힘들어도.

너 말이야, 너

그토록 두려워했던 큰아이 방학 이틀째. 아직 12일이 남아 있다. 한 달 넘게 계셨던 천사 같은 이모님이 가시고 본격적으로 혼자 두 명을 케어하려다 보니 큰아이에게 역시 가혹할 수밖에 없다.

퍼즐 놀이 하다가 잘 되지 않는다고 괜한 심통을 부리는데 이미 과부하가 된 나도 아이 마음을 읽어주기에는 역부족이고, 서로 화만 내다 급기야 유혈사태 발생하기 일보 직전, 일촉즉발의 상황.

잘못했어, 안 했어?! 소리 지르는 나에게 잘못했다는 소리는커녕 이러는 것이다.

―어른이 어린이에게 이러는 거 아니야!

그러곤 엉엉 우는 아이. 어른이 어린이에게 뭐? 어이가 없어서 나던 화가 사라지고 피식 웃음이 새어 나올 뿐이고.

사태가 진정 국면에 들어서자 한다는 소리도, 나도 잘못했지만, 엄마도 잘못했어!

그래, 권위에 굴하지 않고 할 말은 하는 네 용기는 높이 산다만 결국 매만 불러올 것 같은 불길한 예감이 드는구나. 모두가 예 할 때 아니오 하는 녀석이 누구인가 하니 바로 너로구나. 벌써 이래 가지고 뭐가 되려고, 하는 친정 엄마 말씀이 떠오를 뿐이다. 아, 맹랑하다, 이 녀석!

누가 누굴

둘째는 대부분 잘 자는데 밤에 잠들 때 투정이 있는 편이
다. 뭐 그래도 많이 심한 편은 아니고 귀엽게 봐줄 만한 수
준이다.

어쨌거나 어젯밤에도 꼭 여덟 시쯤 깨서 칭얼거리던 둘
째를 보고 짐짓 화난 척(실은 별로 화는 안 났지만) 너 왜 그
렇게 안 자고 엄마 힘들게 해! 했더니 멀찌감치서 놀던 큰
아이가 반색을 하며 쫓아와 눈을 동그랗게 뜨고 물었다.

—엄마, 지금 애기 혼낸 거야?

음, 녀석이 미끼를 물었군. 첫째를 둘째 육아에 협조적으
로 만들려면 이런 작전이 좀 필요하다. 평소보다 오버하며
말했다.

—어! 힘들어 죽겠어.

그랬더니 녀석, 갑자기 득의양양하게 거만한 포즈로 딱 뒷짐을 지더니 말했다.

—참, 그러게 말이야. 넌 왜 그렇게 말을 안 듣니!

어디서 많이 듣던 소리다. 모른 척하자.

—그러게. 애기가 말을 안 듣지! (너만 하겠니.)

연신 거만하게 고개를 끄덕이던 녀석이 갑자기 자기 의자에 앉더니 다섯 살짜리가 지을 수 있는 가장 심각한 표정으로 말했다.

—그러게 말이야. 하~ 참. 우리 애기를 도대체 어떻게 키워야 하는 거야!

끄응. 누가 누굴 어떻게 키워야 하냐고? 엄마는 아직 너도 어떻게 키워야 할지 모르겠거든. 할 말은 많으나 하지 않는 걸로.

여기 아닌 어딘가

큰아이는 유치원 보내고 둘째는 자고 나는 복숭아 하나를 꺼내 우적우적 씹으며 TV를 켠다.

십삼 년 만에 신곡을 발표했다는 김창기 아저씨가 노래를 부른다.

난 아내와 두 아이가 있어
집과 개 한 마리가 있어
정거장에서 내리지 않고
끝까지 가고 싶을 때도 있어
…
난 아직도 외로워
아직도 외로워
이쯤 되면 안 그럴 줄 알았어
하지만 아직도 외로워*

아이들 재우고 남편도 재우고 혼자 살금살금 나가 슈퍼에서 카프리 한 병과 꾸이꾸이를 사가지고 걸어올라오던 그 밤길이 떠올랐다. 집이 아니라 그저 어디론가 내달리고 싶던 그 밤길. 그날이 떠올라 복숭아 먹던 입가가 파르르 떨리던 아침.

* 〈난 아직도 외로워〉. KOMCA 승인필.

각자의 사정

큰아이는 정확히 여덟 시 이십칠 분에 유치원 버스를 타야 한다. 늘 여덟 시부터 준비시키지만 장난꾸러기인 다섯 살 남자아이를 계획대로 준비시키기에 이십칠 분은 절대 길지 않은 시간이다. 발달하려면 아직 한참 남은 전두엽이 문제라고, 아이 탓이 아니라고 되새기며 사리 나올 만큼 참고 또 참지만, 그게 안 될 땐 쌓아뒀던 게 다 튀어나오게 된다.

둘째를 가슴팍에 매단 채 씻으라고 열 번쯤 말한 다음 화장실로 겨우 밀어 넣는다. 그러고는 손 씻고 얼굴 씻고 치카하라는 말을 열다섯 번쯤 한다. 십 분이 지나간다. 그다음 옷 투정이 심한 아이와 입을 옷 고르고 제발 입으라고 스무 번쯤 말하고 나면 역시 대략 십 분쯤 경과한다.

엘리베이터를 기다리고 타는 시간까지 계산하면 집 밖으로 나가야 할 시간이 되는 것이다. 이때쯤이면 내 분노와 짜증 게이지는 측정 불가 상태로 진입 중인데 입었던 티셔츠가 맘에 안 든다며(그럼 애당초 왜 입은 건지!) 벗겠다고할 때는 뭐 이건 이하 생략이다. 결국 잔소리와 짜증을 쏟아붓고 아이를 보내고 돌아서면 내 기분도 엉망진창일 뿐이고.

그래, 다 과정이려니, 그렇게 크는 거려니 하기에는 내그릇이 너무 작구나. 신발을 신으며 엄마 잔소리를 묵묵히받아내던 아이 얼굴을 떠올려보자니 너무 내 사정만 생각했나 싶어졌다. 그래, 너한테도 사정이 있을 것이고, 그렇게각자 사정이란 게 있는 것이겠지.

바닥난 엄마에 대한 기대치

큰아이를 독촉해서 저녁식사를 먹으라고 하고 나도 대충 먹은 뒤 둘째 아이 재울 준비를 하고 있었다. 마음이 바쁜 와중에 저녁식사를 다 한 큰아이가 거실에서 잠깐 놀자고 했다. 동생을 안고 있으니 뭘 할 수 있겠어, 아마 말밖에 못 할걸, 했더니 아이가 웃으며 말했다.

—응, 괜찮아. 말만 해줘도 고마워.

아이답지 않은 말투가 웃기기도 했지만 태어나서 지금까지, 아니 최소한 둘째를 임신할 때까지, 아니 입덧할 때까지, 하여간 오랫동안 엄마 껌딱지였던 녀석이 이제 정말본인의 신세를 아는지 나에 대한 기대가 아예 없구나, 싶었다. 말만 해줘도 고맙다니 말이다.

요즘 어찌나 혼자 잘 노는지 가끔 둘째를 재워놓고 나오면 혼자 책 보고 있고 혼자 놀다 잠들어 있을 때도 있다. 까칠하던 녀석의 변신이 기쁘기도 하면서 한편으론 짠하다.

어쨌거나 엄마에 대한 기대치는 연일 최저 수준을 기록 중이다. 그래프가 요즘 급격하게 하향곡선이라 주가가 곤두박질하듯 곧 바닥을 칠 것만 같다. 그러고 나면 조금은 올라갈 수 있으려나.

육아는 본전치기

마의 저녁 시간대. 둘째 우유 먹이고 저녁 만들어서 큰 아이 먹이고 나도 먹어야 하는 심히 미션 임파서블한 시간. 그래도 대개 둘째가 기다려주는데 녀석도 나름 때라는 게 나오는 날도 있는 법이다. 오빠랑 붙어 있으면 시너지 효과도 생긴다.

어제저녁 식사 준비를 하던 중, 둘째가 자다 깨서 징징대기에 안고 나오니 괜히 큰아이가 짜증을 부리며 내 다리를 붙잡고 대성통곡을 하는 게 아닌가. 이에 질세라 둘째도 내 어깨에 기대 더 크게 울기 시작했다.

가까스로 잡고 있던 멘탈이 붕괴되기 직전, 나 자신을 위한 타임아웃이 필요했다. 안전한 곳에 둘째를 내려놓고 잠시 베란다로 숨 쉬러 나갔다. 그러자 큰아이가 나를 살피러 왔다. 엄마 좀 있다 들어갈 테니 말 시키지 말라고, 낮아서 더 무서운 목소리로 말하자 얼른 들어가는 녀석.

잠시 숨을 고르고 들어가니, 큰아이가 동생 옆에 딱 붙어서 돌보는 중이었다. 아기 체육관 노래도 틀어주며 울지 말라고. 엄마 금방 온다고. 둘째도 어느새 울음을 그치고 오빠의 장단에 예쁜 짓을 하고 있었다.

인생이 그러니까 이렇게 힘들기만 한 것 같아도 아귀 맞아 손익 맞아 어느 정도 본전으로 사는 맛이라는 게 있는 법이다. 아이를 키운다는 것도 그런 것 같다. 당장은 내가 많이 손해 보는 것 같아도 말이다.

평범하지만 특별한 오늘 하루

최근 들어 큰아이가 유치원에 가기 싫다는 소리를 몇 번 했었다. 그간 유치원에 다니면서 등원 거부나 가기 싫다는 소리는 안 했던 아이인데…. 그 소리를 세 번쯤 들은 어느 날, 그래, 오늘은 아니지만 언제 하루 엄마가 쉬게 해줄게, 얘기를 해줬다.

어제 아침의 일이다. 둘째 아이 잠투정 때문에 제대로 잠을 자지 못해 떠지지 않는 눈을 힘겹게 뜨려고 할 때 작은 방에서 건너온 녀석이 오늘 유치원 쉬게 해주면 안 되냐고 했다.

난 이미 며칠째 서너 시간밖에 자지 못한 상황이었다. 평소 같으면 쓸데없는 소리 말고 유치원 갈 준비나 하라고 채근했겠지만 애절한 아이의 눈빛을 보고 나니 그날은 왠지 매정하게 이야기할 수가 없었다. 서너 번이나 그 말을 들어서였을까, 며칠 계속 피곤해하고 처져 있던 아이를 알아봐서였을까. 아이를 보며 말했다.

　─그래. 그럼 오늘 쉬자.

　혼자였으면 아이를 데리고 어디 다녀오기라도 했을 텐데 백 일 된 둘째를 데리고는 할 수 있는 게 별로 없었다. 놀아줄 수 없는 엄마의 사정을 아는지 혼자 놀다 TV 만화 보다가 하며 저 좀 봐달라고 징징대는 것도 없이.

　오늘따라 보채는 둘째 때문에 식사도 챙겨주기 힘들어 점심엔 배달 음식을 시켜주고 저녁은 좀 늦어도 퇴근하는 아빠에게 공수를 부탁했다. 그렇게 하루를 보냈다. 별다른 일 없이 평소 같았지만 약간 달랐던 하루. 아빠 오기 전 집 정리하는 시간에 장난감을 정리함에 넣던 아이가 뜬금없이 이렇게 말했다.

　─엄마, 오늘 데리고 있어줘서 고마워.

　아이답지 않은 말도 그렇지만 그 어투와 어조가 어찌나 찡하던지 부직포 걸레로 방바닥을 밀던 나는 쉽게 대답을 할 수가 없었다. 눈물이 나왔기 때문이다. 하지만 여기서 내가 울면 안 되지. 참았다. 아니야, 엄마가 고맙지. 엄마랑 있어줘서. 매일 너랑 같이 있고 싶지만, 너도 유치원에서 할 일이 많으니까 엄마가 꾹 참는 거야, 하고 짐짓 명랑하게 말했다. 아이가 금세 웃으며 맞아, 난 유치원에서 할 일이 엄청 많아. 블라블라.

어떤 날처럼 평범한 하루였을지도 모른다. 하지만 고마운 아이와 함께여서 특별했던 날. 오늘 하루.

반갑지 않은 두 번째 손님

둘째는 좀 피해가나 싶었는데 팔 개월쯤 지났을까, 그것이 또 왔다. 산후 우울증. 이제 좀 익숙해졌다고, 살 만해졌다고 긴장이 풀어지니 나타나는 건지 감정이 아주 들쑥날쑥한다. 자꾸 눈물이 난다. 노래를 듣다가, 설거지를 하다가, 드라마를 보다가, 그냥 아이를 보다가, 아이를 야단치다가, 아이가 예뻐서 보다가, 이유도 맥락도 뜬금도 없다. 예고도 없는 통에 여간 곤혹스러운 게 아니었다. 그러다 금방 헤헤거리고 잊어버리기를 반복했다.

오늘 감정의 기폭제는 잠귀가 어두운 나 대신 새벽에 혼자 아이 둘 돌본 것 때문에 심기가 불편한 남편이었다. 둘째가 콧물감기라 데리고 병원에 다녀온 뒤부터 불만이 가득했다. 그냥 별일 아닌 투정일 수 있다. 한마디하고 넘어가면 될 일인데 갑자기 예고도 없이 욱하고 올라온 울증이었을까 조증이었을까.

싸한 분위기에도 밥은 먹어야 했다. 아무 말 없이 된장찌개에 넣을 감자를 자르던 중 갑자기 싱크대 벽에 감자를 집어던졌다. 그러고는 작은방에 가서 혼자 대성통곡. 거실에 남겨진 아이들과 남편 모두 영문을 몰라 당황해하든 말든 안중에 없이 말이다. 그렇게 한참 울다가 보니 둘째 아이 이유식을 불에 올려놓은 게 생각났다. 주섬주섬 추스르고 나와서는 아무 일도 없었던 듯 다시 저녁 준비를 시작했다. 다시 일상인 거지. 누가 보면 사이코드라마인 줄. 아니, 멀리 갈 것도 없이 아이들이나 남편 눈엔 그랬을 것이다.

그래, 반갑지 않지만 한 번은 겪고 넘어가야 할 일들이다. 큰아이 때 경험을 통해 알고 있다. 그래서 걱정하진 않으련다. 이 또한 결국 지나갈 것이다. 단지 웬만하면 조금만 놀다 가길.

유치원 생활 만렙

유치원 버스를 기다리는 중이었다. 버스가 아직 도착하지 않은 사이 같이 기다리던 친구 엄마가 막대사탕을 하나 주었다. 반짝이는 눈으로 받아들더니 이내 이따 유치원 끝나면 먹어야지 하며 얌전히 주머니에 넣는 녀석.

그 모습을 보다가 작년만 해도 당장 뜯어달라, 바로 먹는다고 떼를 부렸을 법한데 많이 컸다 싶어 대견해 실없이 한마디 붙여봤다. 엄마가 가방에 넣어줄까? 그랬더니 아이가 비밀스러운 눈빛으로 나를 올려다봤다. 안 돼, 유치원에 가면 선생님이 가방 본단 말이야, 하며 주머니 지퍼를 단단히 잠그기까지 했다.

하하하. 속으로 한참 웃었다. 사회생활 이 년 차에 조직의 룰을 요령껏 피해갈 줄도 알고 사회생활 십 년 한 엄마보다 낫다!

마법의 막대기

둘째 때문에 밤새 자다 깨다 한 탓에 컨디션이 매우 안 좋은 아침. 둘째에게 우유를 먹이면서 보니 애써 차려준 밥은 안 먹고 누워 뒹굴뒹굴하는 큰아이. 짜증 섞인 목소리로 어서 밥 먹으라, 했더니 누워서 블록으로 막대기를 만들던 녀석이 나에게 막대기를 휘두르며 주문을 외운다.

—착한 엄마로 변해라! 뾰로롱~

허 참, 거참. 기가 막히고 코가 막히고 연신 헛웃음만 나올 뿐이고. 그래, 엄마도 착하게 변하고 싶단다. 그런데 말이야, 그전에 너부터 좀 착해지면 안 되겠니.

아이 잃어버리는 시간 삼십 초, 아니 십 초

쇼핑몰에 갔다가 약속하지 않았던 장난감을 사달라고 바닥에 주저앉은 녀석에게 본때(정말 나의 어리석음에 몸서리가 쳐진다)를 보여준다고 놓고 간다, 선언하고 뒤돌아서 갔다. 남편이 가본다고 해도 손사래를 치고 그냥 두라고 했다. 그 시간이 실종 아동 캠페인의 멘트처럼 삼십 초 정도 됐을까. 아니, 한 십 초? 이십 초?

그런데 열 발자국도 안 간 사이에 뒤돌아보니 애가 감쪽같이 사라진 것이다. 아무리 주위를 살피고 이름을 불러도 안 보였다. 제정신이 아닌 상태에서 몇 분 동안 이리저리 뛰어다니며 아이를 찾았다. 눈에 보이는 게 별로 없어질 때쯤 한 아주머니가 울고 있는 아이를 안고 오는 것이 아닌가. 큰아이였다. 그제야 다리에 힘이 풀려서 주저앉았다.

아이가 없어졌다는 걸 안 순간, 아무리 두리번거려도 보이지 않는 순간, 머릿속이 하얘지고 이성적으로 대처하기 힘들었다. 어른인 나도 그러니 아이는 오죽할까. 엄마를 잃어버리면 그 자리에 그대로 있어라, 하는 말 따윈 생각 안 나는 게 당연할 것이다.

엄마가 버리고 갔다고 울던 녀석을 한참 동안 안고 겨우 진정을 시켰다. 아이도 나도.

아이를 데리고 문밖을 나서면 잠시도 아이에게서 눈을 떼선 안 된다는 사실을 다시 한 번 깨달았다. 그리고 밖에 선 너무 센 훈육은 효과도 없을뿐더러 위험하기까지 하다는 교훈도 덤으로 얻었다.

두 번째 돌치레를 맞는 자세

둘째도 아픈데 큰아이까지 열이 나 유치원도 못 보냈다. 둘을 데리고 내 몸은 내 몸이나 내 정신은 내 정신이 아닌 상태로 하루를 종료했던 어제. 큰아이는 유치원 보내고 둘째는 자고 꿀맛 같은 커피 한 잔을 마시며 생각에 잠긴다.

아마 둘째 돌치레인 듯하다. 아파도 잘 놀던 녀석이 계속 보채고 짜증인 걸 보니 아프긴 정말 아픈가 보다. 그래, 크느라 그렇지. 크느라 아프다. 큰아이도 그랬다.

돌 무렵 장염에 걸렸던 큰아이. 동네 병원에서 진찰을 받아도 차도가 없었다. 여러 날이 지나고 아무래도 안 되겠다는 생각이 들던 날, 마침 주말이라 응급실로 갔다. 아파서 발버둥 치는 아이를 잡고는 주삿바늘을 여기저기 쑤셔대며 얻은 피검사 결과, 탈수라며 바로 입원하라는 의사. 남편은 바쁜 회사일 때문에 먼저 가야 했다. 친정 엄마는 마침 떠났던 여행에서 돌아오지 않으셨다.

아비규환이던 그곳에서 혼자 열 시간을 버텼다. 수유할 곳도 없어 야전병원의 침대 같은 곳에서 등 돌리고 누워 모유를 먹이고, 링거 주사를 꽂은 채 우는 아이를 한 손으로 안고 한 손으로 링거를 질질 끌고 다니며 말이다.

남편이었나 엄마였나 하여간 누군가 온 건 모든 상황이 진정되고 병실로 옮겼을 때였다. 그때 내가 겪은 그 전쟁 같은 일들에 대해 누군가에게 말을 했던가, 안 했던가. 아, 왔어, 하고 말았던가.

육 년이 지난 지금. 난 그때랑은 아주 다른 사람이 되었다. 그게 좋은 건지, 나쁜 건지, 판단할 근거 따윈 없지만 그래도 적어도 지금을 버틸 수 있을 거라고. 지금은 그 정도면 된 거라고 셀프 토닥. 잘 이겨내자, 둘째야.

너의 우주

귀촌한 남편의 친구네 집에 며칠 가 있으려던 계획을 접고 하루하루 내키는 대로 연휴를 보내고 있다. 그제였나, 과천과학관에 갔다. 둘째는 자고 천체과학관에 들어가 별자리를 보겠다고 온 가족이 누웠다. 불이 꺼지니 머리 위로 무한한 우주가 펼쳐졌다. 가상의 우주여행을 하는 동안 나는 광활한 우주의 먼지만큼도 티끌만큼도 되지 못하는 존재임을 체감하며 문득 아이의 손을 찾아 꼭 잡았다.

계속 까불더니 그 순간 무섭다며 안아달라던 큰아이. 내 자리로 아이를 끌어와 안아주니 품에 폭 파고들었다. 갑자기 왈칵 눈물이 나왔다. 이 우주의 먼지 같은 나에게 온몸을 기대는 아이. 이 순간 아이에게 난 우주, 온 세상일 터. 세상이 무너지면 안 되지. 잘 지켜야겠다.

나 역시 가야 할 길

어버이날을 맞아 둘째 아침잠을 포기하고 오랜만에 들른 친정집. 주차하고 초인종을 눌렀더니 엄마는 나랑 둘째 먹일 밥을 짓다 나오셨는지 앞치마를 그대로 두른 채 아이를 얼른 받아 안으셨다.

오늘은 어버이날인데 밥은 왜 하시냐 타박해놓고 튀겨놓은 두릅튀김은 또 맛있게 먹는 나. 잠시 후 종종거리며 집 안을 돌아다니는 둘째 뒤꽁무니를 쫓아다니다 문득 안방에 들어섰다.

거울에 꽂혀 있는 오빠와 나의 고등학교 때 증명사진을 우연히 또 망연히 보다 우리 둘 다 집을 떠난 뒤 이걸 여기 꽂았을 때의 엄마 마음이 떠올랐다. 그때가 힘들었지만 행복했던 것 같아. 엄마는 조용히 방 밖에서 말씀하셨다.

두 분만 남은 친정집을 새삼 둘러보다 언젠가 내가 가야
할 길임을 떠올렸던 어느 어버이날의 단상.

두 번째 수족구라니

둘째가 수족구에 걸렸다. 벌써 두 번째였다. 아니, 이게 이렇게 걸릴 수가 있는 병인지 의아할 따름이었다. 십사 개월 인생에 두 번이나, 그것도 기관 생활도 안 하는 아이가. 월요일부터 열이 나 확인해보니 허판자이나라고 해서 치료 중이었는데, 오늘은 손하고 팔에 몇 개지만 반점이 올라와 수족구로 최종 결론이 났다.

큰아이는 한 번도 안 걸렸는데, 그래서 수족구, 아무리 무섭다 해도 잘 몰랐는데 입안이 헐어서 못 먹는 게 얼마나 힘든 건지 제대로 실감하고 있다. 이 먹순이가 온종일 징징대며 밥은 고사하고 물도 싫다고 거부하면서 밤에 한 시간을 아프다고 울다 잠이 들었다.

큰아이가 방학이라 안 그래도 힘든데 차라리 작년 둘째 신생아 때 여름방학이 그리울 정도로 힘이 들었다. 또르르, 눈물을 좀 훔쳐야겠다. 지금 집 안은 난장판인데 멍하니 TV

만 보고 있는 유체이탈 상태. 무슨 정신으로 글은 쓰고 있는지.

둘째라서 그런가. 기관 생활하는 오빠에게 아무래도 옮는 게 많은 건지 잔병치레가 큰아이에 비해 잦다. 한 달에 병원만 벌써 몇 번째인지. 예방접종할 새도 없이 계속이다. 잘 먹는다고 방심했다가 다른 곳에서 뻥뻥 터지고 있다. 역시 방심은 금물. 건강하자, 둘째야.

너에게 보내는 편지

엄마가 동생을 보면서 하트 뿅뿅 눈빛일 때 네가 다 보고 있다는 거 알아.

얼른 네게 눈길을 돌려 웃어주면 어색하게 웃는 네 모습에 울컥할 때도 많아.

넌 이제 컸다고, 사람들이 아가인 동생보고만 예쁘다고 해서 속상하지.

아까도 문득 정신 나간 엄마가 네 앞에서 동생만큼 예쁜 아기 없더라, 했더니 슬픈 목소리로 여기 있는데, 하던 너.

아무렴 첫 번째지, 네가.

엄마한테 첫 번째 아기.

잊은 것처럼 보이지만 엄마는 잊지 않고 있어.

아니, 더 솔직히 말하면 잊을 때도 있지만 영영 잊은 건
아니야.

이제 더 자주자주 기억할게.

불금을 위한 시

이 주째 남편의 야근. 결혼 육 년 차 되도록 되풀이되는 일이라 혼자 아이를 키우기에 이력이 날 만도 한데 그렇지 않은 걸 보면 나도 참 구제 불능이다. 포기할 건 포기하고 살아야 사는 게 편한 건데. 포기할 줄 모르는 불굴의 의지. 이제 그만 불굴하고 말자, 싶은 불금.

그런대로 아이 둘을 데리고 집을 치우고 밥도 해 먹이고 씻기고 지내오다 이 주 치의 얄팍한 인내심은 바닥이 드러나고 헐크로 변신하고만 공포의 불금.

미안합니다. 십칠 개월짜리에게 고개 숙여 사과하고 여섯 살 먹은 녀석에게도 미안하다, 고 하니 나도 미안하다는 녀석. 아니다, 엄마가 더 미안하다, 했더니 알았다고. 그래, 엄마가 더 미안한 불금.

전쟁 같은 하루를 정리하고 겨우 잠자리에 누워 자꾸 옆에 붙어 자려는 녀석에게 좀 떨어져라, 했더니 엄마가 좋아서 그런다고. 맨날 혼만 내는 엄마가 뭐가 좋냐 했더니 그래도 좋다고. 그래, 이런 엄마라도 좋아해줘서 고마운 불금.

못해도 괜찮다는 말

큰아이가 요즘 다니는 축구 수업에서 줄넘기를 배우고 있는 모양이다. 학교 가기 전의 유아 체육에서도 이런 식으로 레슨을 하는 듯했다. 그냥 그러려니 했다. 어차피 난 축구를 잘하라고 보내는 것도 아니고 줄넘기를 잘하라고 보내는 것은 더더욱 아니기 때문에 그냥 뛰다 오면 된다, 고만 생각했다.

그런데 아이가 축구 수업에 가기 싫다고 하기에 공을 많이 넣지 못해도, 잘하지 못해도 괜찮다고 했다. 내가 생각하는 정답대로. 하지만 좀 더 사정을 들어보니 줄넘기가(잘하는 아이들은 네다섯 개도 했던 모양) 잘 안 돼서 가기 싫다는 거였다. 그러니까 잘하고 싶은데 남들만큼 잘 안 되는 게 속상해 마음이 힘든 아이한테 못해도 괜찮아, 잘하지 않아도 괜찮아, 했던 내 말이 무슨 소용이 있었을까 싶었다. 그러고 나니 내가 이 아이를 도와줄 방법은 잘할 수 있도록 연습을 시키는 것일까에 생각이 미쳤다. 엄마랑 같이 해보자고 하고 요령을 알려주니 한 개도 안 되던 게 처음으로 성공. 아이의 얼굴엔 기쁨이 가득했다.

문득 이제 이런 일들이 시작되는구나 싶어졌다. 어디까지 엄마가 도와주어야 하는 걸까. 어느 선이 적당한 걸까. 지혜가 모자라다. 어쨌든 못해도 괜찮다, 는 말은 좀 더 찬찬히 아이의 입장을 살펴본 다음에 해야겠다는 사실 하나를 깨달았다.

우물 깊은 날

벌써 며칠째 날이 춥고 몸살감기에 치통까지 한꺼번에 몰려왔다. 아이가 콧물만 흘려도 바로 병원에 갔을 거면서 정작 나 자신은 참고 말지, 그러다 낫겠지, 이런 식이다. 이렇게 홀대해도 되는지 모르겠다. 또 아이를 데리고 병원에 간다는 것 자체가 쉽지 않은 일이다. 내가 진료받을 동안 아이는 누가 봐줄 것인가.

여러 날 참다가 안 되겠다 싶어 할 수 없이 친정 엄마께 전화를 드렸다. 평소엔 아이를 잘 부탁하지 않는 편이다. 엄마도 편찮으신 아빠를 돌보시고 생업도 있으신 분이라 바쁘셨다. 아닌 게 아니라 친정 엄마가 오늘도 오시기 힘들다고 하셨다. 그 또한 그러려니 했다.

마침 내 사정을 아는, 큰아이 등원길에 만난 아이 친구 엄마가 둘째 아이를 봐줄 테니 다녀오라고 고맙게도 이야기해주었다. 하지만 괜찮다고 하고 올라왔다. 도와줄 곳도 많지 않지만 정작 도움을 받을 줄도 모르는.

둘째 아이를 재우고 통증을 참으며 누워 있으려니, 그래, 누구 탓도 아니고 내 탓이지 싶었다. 굳이 그렇게까지 깊이 파지 않아도 좋을 마음의 우물을 이렇게나 또 깊이깊이 파고 있다.

기억 속에 남아 있는

오랜만에 시댁에 아이들을 맡기고 남편과 홍대 앞에 놀러 갔다.

좋아하던 카페의 아메리카노와 카푸치노가 마시고 싶어 당연한 듯 이 추운 날 꽤 오래 걸어갔다. 멀리서도 잘 보이는 간판도 그곳의 익숙한 자전거도 가까이 갈 때까지 이상하게 보이지 않았다. 어리둥절하여 잠시 두리번거리며 살펴보니 이런, 그곳이, 그 카페가, D'vant이 없어졌다.

어안이 벙벙해 어찌할까 하다 그냥 새로 바뀐 카페로 들어갔다. 주문을 하며 물으니 없어졌단다. 이전도 아니고 폐업. 내부 구조는 그대로에 이름만 바뀐 카페도 그럭저럭 나쁘지 않은 아메리카노와 카푸치노를 내놓아 별 불만 없이 마시고 돌아왔지만, 다방(D'vant)만의 그 구수하면서 고소한 아메리카노는 이제 내 기억 속에서만 남아 있게 된 것이

못내 아쉬웠다.

집에 와서 사진을 찾아보니 방문했던 것이 2010년. 사 년이나 되었구나. 그리 오래 잊고 있었으면서 아쉬워할 자격이 있나 싶었다. 이렇게 내 기억 속에서나마 맛있는 커피로 남아 있게 되었다. 사 년 전의 나 자신도 나에게 그러듯이 말이다.

진짜 좋은 말로 하자

잠자기 전 큰아이에게 수면 조끼를 입으라고 했더니 입지 않겠다고 강하게 거부하는 아이. 몸을 위해 입는 옷은 취향의 문제가 아니기 때문에 넌 선택권이 없다, 그러니 좋은 말로 할 때 입어라, 했더니 아이 왈,

─엄마는 좋은 말로 한다면서 전혀 좋은 말이 아닌데. 진짜 좋은 말로 해야지.

순간 일격을 당했구나 싶으면서도 인정할 수밖에. 그건 그러네.

아이들한테 하는 말 중에 반 이상이 명령조, 시비조, 협박조, 짜증조이다. 이제는 나긋나긋한 어조는 당최 어색하기 짝이 없는 지경에 이른 것 같다. 아이들은 물론이고 가끔 남편이 좋게 다정하게 말해도 짜증 내기 일쑤다. 좋게

받아주기는커녕 말이다. 정서적으로 너무 팍팍해지다 못해
피폐해져 버렸다.

　이러다 내가 한 행동들이 부메랑이 되어 나에게 돌아오
는 건 아닐까. 그러기 전에 정신 좀 차려야지.

　애들한테만 할 말이 아닌 거다. 예쁜 말, 좋은 말.

내가 생각하는 최선

언젠가 시골 의사 박경철 씨가 한 말인데 자기가 아는 최선이라는 말의 가장 완벽한 정의를 조정래 씨가 내렸다고 했다. 최선이란 내가 한 노력이 나 자신을 감동시킬 수 있을 때 쓸 수 있는 말이라는 것이다.

나는 이제까지 아이를 키우면서 최선을 다한다고 생각해본 적이 별로 없다. 늘 어딘가 부족하단 생각만 들 뿐이었다. 그런데 저 최선이란 단어의 뜻을 듣고 났을 때 이게 내 최선이라는 걸 알게 됐다. 감동까진 어림도 없지만 내 노력을 생각해볼 때 눈물이 났기 때문이다.

누군가에게는 부족해 보이겠지만 나 자신에겐 최선이었구나, 인정하게 됐다. 비로소.

그리고 조금은 안심이 됐다. 결국 인생이란 건 나에게 어떤 인생이었느냐가 중요한 거니까. 나의 최선을 믿게 되었다.

새해 단상

뭔가 냉랭했던 주말. 저녁도 거른 엄마의 심기가 불편한 걸 이미 눈치챈 큰아이. 성향이 그러니 엄마의 심경을 살피려고 애쓰기 일쑤다. 그런 녀석을 보며 그런 건 신경 쓰지 않는 무신경한 사람으로 자라주길 바라는 마음도 든다. 남의 감정을 지나치게 살피는 게 얼마나 스스로를 피곤하게 하는지 잘 알기 때문에.

잠자리에 들기 전 엄마도 곧 따라가겠다고 방에 먼저 들어가라니까 엄마랑 같이 눕겠다며 기다리겠단다. 아마 내가 따라 들어오지 않을 걸 알아챘나 보다. 가끔 남편에게 아이들을 부탁하고 작은방에서 혼자 잘 때가 있는데, 그걸 기억하는지 엄마는 어디서 잘 거냐며 그곳에서 같이 자겠단다. 문득 새삼 아이를 본다.

마음과 달리 괜한 소리가 입 밖으로 나온다. 그렇게 엄마를 사랑하면서 왜 그리 엄마 말을 안 듣니, 했더니 배시시 웃는다. 자기도 자기가 왜 그런지 잘 모르겠단다. 자꾸만 그렇게 된단다. 그래, 네 말이 정답이네.

이제 일곱 살이 된 지 사흘 된 너는 모르는 게 당연한 거고 마흔 하고도 한 살을 더 먹은 엄마는 알아야 할 건 아는 게 당연한데 몰라서 이 고생이구나. 새해엔 뭘 좀 아는 인간이 됐으면 좋겠다.

가끔은 꺼두기

간단한 지시도 따르지 않는 큰아이를 훈육하던 중 아이가 감정을 폭발하기에 분리가 필요하단 생각이 들어 혼자 방에 들어왔다. 끝도 없고 답도 없는 게 육아라지만 엄마도 사람인지라 가끔은 되풀이되는 이런 실랑이가 지친다.

요즘 들어 양육 시 문제라고 생각했던 부분들이 조금 좋아지고 있다고 생각했는데, 아니었나 보다. 회의가 든다. 그리고 난 결국 아이의 무엇을 좋아지게 만들고 싶은 건지 모르겠다. 내 말을 잘 듣는 것? 고분고분해지는 것? 그것도 옳은 일인지 모르겠고 무엇보다 지금 이 순간은 만사가 다 지겨울 뿐이다.

이렇게 육아에 지칠 땐 그냥 신경을 쓰지 않는 게 현명하다. 잘 키우겠다는 욕심도 이럴 때만큼은 버려야 한다. 한마디로 힘을 빼야 한다. 씻기고 재우고 그냥 세끼 밥만 해

먹이자. 가끔은 그렇게 살아도 된다. 가끔은 꺼둬도 되는 휴대전화처럼 볼륨 아웃.

물론 당분간이다. 그래도 큰일 안 난다. 육아는 하루아침에 만들어지지도 하루아침에 없어지지도 않는 법이니까.

한 끗 차이

영화 〈보이후드〉에서 쿨내 진동할 것 같은 미국 엄마도 스무 살이 되어 집을 떠나는 아이를 보고 울면서 말했다. 너희를 다 키우고 나면 뭐가 더 있을 줄 알았어. 근데 아무 것도 없어. 한동안 머릿속에서 떠나지 않았다. 아직 멀었지만 그래도 제법 의젓해지는 아이의 모습을 보다가 문득 그 대사가 떠오른 아침, 큰아이와 손잡고 걸으면서 이렇게 말했다.

―네가 어른이 되면 엄마를 떠날 텐데. 엄마는 너하고 보내는 시간 동안 즐겁고 행복하게 지내고 싶어. 그래야 네가 없어도 엄마는 좋은 추억을 가질 수 있잖아.

무슨 소리니, 하며 보던 녀석.

―난 안 떠날 건데. 엄마랑 계속 살 건데. 엄마랑 살면서

결혼도 안 하고 평일엔 과학자를 하고 주말엔 버스 운전을 할 거야.

이건 무슨 의식의 흐름인지. 벌써 투 잡을 꿈꾸기에는 너무 이른 것 아닌지. 듣기만 하고 상상만 해도 제법 끔찍했다. 너 떠난 뒤에 혼자 울어도 좋으니 그런 소리는 제발 넣어두길. 감동이 좀 오려다가 쏙 들어갔다. 신파와 코믹은 한 끗 차이.

엄마의 눈빛이 하는 말

입이 짧은 큰아이를 키우다 보니 식사 시간마다 매의 눈초리로 아이를 보고 있는 나를 발견하곤 한다. 그러던 어느 날 아침, 눈에 힘을 좀 빼고 아이를 보다가 이야기했다.

—엄마도 어렸을 때 밥을 잘 안 먹었어. 그래서 할머니가 맨날 엄마를 쫓아다니면서 밥을 줬지.

밥 먹다 누워서 딴청 중이던 녀석이 그제야 슬그머니 나를 봤다.

—정말? 엄마도 밥을 잘 안 먹었어?
—응. 그래서 엄마는 할머니가 그러는 게 싫었어. 엄마는 먹기 싫었거든. 너도 싫지? 그런데 할머니는 엄마가 밥을 안 먹어서 건강하지 못할까 봐 걱정되었던 거야. 엄마도 그래. 네가 밥을 잘 안 먹으면 건강하지 못할까 봐 걱정돼.

거기까지 이야기를 하고 나자 친정 엄마의 눈빛이 꼭 지금의 나를 닮았다는 생각이 들었다. 걱정스러운 눈빛. 피하고 싶던. 내가 뭔가 잘못됐나 생각하게 했던. 그래서 덧붙였다. 아이에게 하는 말이 아니라 나 자신에게 하는 말.

―그런데 엄마가 너를 보고 걱정을 하면 너도 스스로를 걱정하게 될 거고 그건 안 좋은 것 같아. 엄마가 조심해야겠어.

엄마의 눈빛을 아이는 다 알고 있다. 내 마음을 담은 눈빛을 말이다. 나는 사랑한다고 하지만, 걱정의 눈빛에서 사랑을 읽을 만큼 아이는 자라지 못했다. 다 자란 나도 그걸 못 읽는데 오죽하겠나. 염려하는 눈빛은 아이를 스스로 걱정하게 할 뿐 아이에게 아무런 영양분을 주지 못한다. 그건 밥을 좀 못 먹는 것과는 비교할 수 없는 결핍을 낳을 테니까. 특히 조심해야겠다. 걱정의 눈빛 따위는.

천성도 바꿔야

점심 한 끼를 먹는데 물을 한 번 쏟고, 국도 한 번 엎고…. 그 정도로 끝나면 섭섭하다. 음료수도 한 번 엎질러야지. 뭐 한 번씩은 해야 제대로 밥 먹는 것이라고 할 수 있다. 하루라도 뭘 쏟지 않으면 방바닥에 가시가 돋는다. 내일은 그냥 방바닥에서 가시가 돋았으면 좋겠지만. 마지막 음료수를 엎질렀을 땐 정말 분노가 머리를 뚫고 나갈 만큼 치밀어 올라 아이들 앞에서 심한 말이 튀어나왔다.

아이를 키우는 데 팔 할은 번거로운 일이다. 쉽게 할 수 있는 일이란 게 별로 없다. 쉬운 일도 어렵게 해야 하는 게 바로 육아다. 나는 천성이 번거로운 걸 싫어하는 사람이다. 어디 갈 때 갈아타고 가는 걸 싫어해서 시간이 좀 더 걸려도 한 코스로 가는 그런 사람이었다. 그런 내가 아이를 둘이나 키우면서 번거로운 일에 익숙해졌느냐 하면 불행히도 그건 아니다. 그냥 번거로운 일상에 짜증이 날 뿐이다.

이쯤 되면 천성을 좀 바꿔야 할 것 같다. 아직 둘째가 세 살밖에 안 됐는데 내 짜증은 날이 갈수록 업그레이드되고 있으니…. 그래 봤자 내 손해, 아이들 손해, 득 될 사람이 하나도 없기 때문이다.

무엇보다 행복이 먼저

어젯밤 커밍아웃을 한 연예인이 나오는 프로그램을 보던 중 한 엄마가 말했다. 자식이 행복해야 부모도 행복하죠. 그래, 행복이 중요하지. 그렇다면 우리 아이는 행복할까. "있는 그대로의 네가 괜찮고 하루하루 즐겁고 행복하게 사는 게 중요하다"는 서천석 선생님의 말씀이 떠올랐다.

문득 아침식사를 하다 아이를 보며 물었다. 행복하니? 아이가 웃는다. 난 집에 있으면 행복해! 집에 있는 게 제일 좋아!

집이 아니면 그렇게 행복하진 않은가 보다. 층간 소음 때문에 한동안 속앓이를 하다 원래 살던 곳에서 좀 떨어진 데로 이사를 하고 어린이집을 옮기고…. 잘 지내는 것 같아 보이지만 아직도 전 유치원과 친구들 이야기를 하는 아이를 보면, 지나면 다 잊을 텐데 싶지만 그래도 마음이 쓰이는 건 어쩔 수 없다. 웃으면서 새로운 어린이집에 잘 다녀주니 그 냥 다행인 걸로 생각했던 거지. 나도 별수 없었으니.

이제라도 아이에게 좀 더 자주 물어야겠다. 다른 무엇보 다 아이의 행복이 중요하니까. 물론 잘하고 있는 건지 아직 잘 모르겠다. 그리고 나도 행복한지 살펴보자. 결론은 언제 나 하나.

자기의 길을 가는

어젯밤에 짜증만 실컷 내고 아빠랑 자라고 한 뒤 작은방에서 혼자 잤는데 아침이 되니 나한테 달라붙는 녀석들. 짜증 대마왕 엄마가 뭐가 좋다고 그러는지. 계속 통통 부어 있자니 왜 그러냐고 묻는 큰아이. 머리가 아파서 그러니 말 시키지 말라고. 성질도 못됐지. 엄마가 돼서 막 이런다.

등원길에 수다쟁이 아들이 혼자 조잘조잘 이야기한다. 맞장구도 제대로 쳐주지 않는 뚱한 엄마한테 역시 뭐가 좋다고 말이다.

—엄마, 나는 하고 싶은 일이 있는데 못 하면 가슴이 답답해진다! 그래서 그때 못 하더라도 나중에 그 일을 꼭 해! 그럼 가슴이 시원해져.

둔한 머릿속이 벼려지는 듯 아이의 말이 새삼스럽다. 아이는 자기 길을 잘 알고 있다. 자기가 알고 있는 길로 알아서 잘 갈 것이다. 문제는 아이가 아니라 나라고.

세상 까칠했던 아이는 이제 슬슬 환골탈태하고 있다. 우리 집에서 성격이 제일 안 좋은 건 이제 엄마인 내가 일등이다. 아이가 잘 가고 있듯이 나도 내 길을 잘 찾아가보자. 아이에게 끌려갈 수야 없지 않은가.

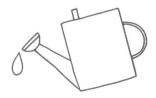

딸이라는 기대를 접어두기

작은아이는 돌 전만 하더라도 큰아이랑은 달리 잘 자고 잘 먹는 편이었다. 예민한 편이라 조금은 힘들게 키운 큰아이한테서 받은 육아 트라우마를 다 극복할 정도로 말이다. 하지만 돌 이후로 돌변해서 지금은 아들을 둘을 키우고 있는 것 같다.

호기심 많고 활동적이지만 한편으론 예민하고 까칠한 성격이라 조심성 많았던 오빠에 비해, 예민한 건 좀 덜하지만 왕성한 호기심에 활동적이나 조심성이라곤 찾아볼 수 없는 둘째는 큰아이랑 다른 차원으로 날 힘들게 한다.

오늘 아침만 해도 물을 두 번 쏟고 요구르트도 쏟고 어린이집 갈 시간이 다가오는데 옷은 입지 않고 팬티만 입고 거실을 뛰어다니지 뭔가. 아이를 붙잡아 옷을 입히고 머리를 묶기조차 쉽지 않았다. 배변 훈련도 훨씬 어렵다. 큰아이는 예민해서 그랬는지 실수하고 싶어 하질 않아 바로 신호를 주곤 해서 배변 훈련도 금방 끝난 편이었다. 하지만 둘째는 여름부터 시작했는데 곧 겨울이 다가오는 지금까지도 아직이다.

'키우기 편한 게 아들보다는 딸'이라는 기대치가 있어서였을까. 심정적으로는 더 힘이 드는 느낌이다. 그래서 정말 해선 안 되는 말인데 넌 왜 여자애가 그러니, 란 말을 한두 번 나도 모르는 사이에 한 적이 있다. 내 입으로 내뱉고도 무척이나 놀랐다. 남녀를 차별적으로 대하는 것에 꽤 민감해하는 편인데도 그런 소리가 나왔다.

반성한다. 아이의 성별은 문제가 아니다. 성향이 다른 것이다. 아이가 행동으로 너무나 분명하게 나에게 말해주고 있는데 받아들이지 못한 내 탓이지 싶다. 이제 딸에 대한 모든 로망을 고이 접어야겠다. 그것에 아쉬움도 가지지 말아야겠다. 누가 나에게 '딸 있어서 좋겠어요' 하면 그냥 조용히 웃어줘야지. 나는 그냥 아이 둘을 키우고 있을 뿐이다.

물론 한 십 퍼센트쯤은 남겨놔도 될까. 딸이라서 너무 좋다고 말이다.

우리만의 파티

연말 분위기라는 게 결혼하고 사라졌다. 특별하거나 설 레일 일이 딱히 없어도 달뜬 기분을 느끼곤 했던 옛날은 이제 기억도 잘 안 난다. 그냥 무념무상. 하긴 그나마 그런 정신 이 아니었다면 오히려 더 견디기 어려웠을지도 모른다. 연 말에 유독 아이들도 아팠고 남편은 늦게 귀가했다.

크리스마스이브였다. 둘째의 감기가 심했다. 집에서 좀 떨어져 있고 주차를 할 수 없는 병원에 가야만 했으므로 유 모차에 둘째를 태우고 큰아이는 중무장시켜 걸어서 병원 까지 갔다. 대기가 스무 명도 넘었다. 수많은 아이와 부모 들이 뒤섞인, 아수라장 같은 소아과에서 꼬박 두 시간을 기 다려 이 분이 걸린 진료를 받고 약을 타서 다시 왔던 길을 되짚어가고 있었다. 역시 무념무상. 아무 생각도 하고 싶지 않았다. 생각하지 말자. 일단 집에 가자.

역 근처여서 직장인들이 많았다. 바쁜 사람들의 경쾌한 발소리와 삼삼오오 걸어가는 사람들의 웃음소리, 따뜻한 카페의 불빛, 식당에서 흘러나오는 음식 냄새…. 이상하게 걸음을 걸을수록 집에 가까워지는 게 아니라 더욱 멀어지는 마음. 느닷없이 눈물이 왈칵 나왔다. 그 순간 큰아이랑 눈이 마주쳤다. 아이가 내 눈을 보고 조금 놀란 것 같았다. 나는 좀 그렁한 눈이었지만 웃으며 말했다.

—우리, 집에 가서 파티하자!

아이가 아파 며칠 장도 못 본 냉장고를 다 털어서 소박한 저녁을 차렸다. 남편이 근처 초밥집에서 모둠 초밥을 늦게나마 사가지고 돌아왔다. 마침 전자레인지로 해먹을 수 있는 케이크가 있어 아이들과 만든 뒤 초에 불을 붙였다. 엉성한 모양의 케이크 불빛을 보고 아이들이 환호성을 질렀고 그 모습을 보는 우리 부부도 그 순간만큼은 웃을 수 있었다.

모두 다 잊을 수는 없을 거다. 하지만 그 순간만 찰칵, 마음에 담기.

줘도 줘도 부족한

저녁까지 다 먹고 치우고 나면 손가락 하나 까딱하고 싶지 않을 때가 있다. 몸과 마음의 모든 에너지가 싹 빠져나가버린 느낌 말이다. 그런 상태이니 아이들의 사소한 말썽에도 성마른 짜증이 불쑥 올라오곤 한다.

잘 시간이니 누워라 하는데 그날따라 흥에 겨운 우리 딸. 미끄럼틀을 두드리고 박자를 맞춰가며 며칠 전 보고 온 공연 주제곡을 따라 부른다. 그 모습에 그냥 귀엽다고 웃어주면 될 걸 화를 내고 잡아 끌어 앉히니 급 얼음이 된 녀석. 너무 심했나 하는 생각에 잠시 복잡한 눈빛으로 쳐다보니 한 풀 꺾인 엄마의 기세를 알아챘는지 배시시 웃는다.

─엄마, 화내지 말고 책도 읽어주고 옛날얘기도 해주고 나도 사랑해주고 오빠도 사랑해주고 아빠도 모두 다 사랑해줘, 알았지?

아이는 웃는데 난 고구마 한 백 개쯤 먹은 것처럼 목이 멨다.

넋 놓고 관성대로 살아가다 보면 아이들이 이렇게 머리를 쳐준다. 정신 차리라고. 사랑을 주고 또 주어야만 하는 존재임을, 엄마는 마땅히 그런 존재여야 함을 이럴 때 마음 깊이 깨닫는다.

아, 산타 잔치

산타 잔치가 얼마 남지 않은 어느 날. 냉장고에 붙여둔 어린이집에서 보낸 알림장을 무심코 읽다가 읽지 말아야 할 걸 읽은 큰아이. 이게 무슨 말이냐며 엄마가 선물을 주는 거냐며 놀라서 물었다. 안 그래도 요즘 들어 엄마가 산타 아니냐는 의심이 컸는데 더 거짓말을 하기도 어려웠다.

갑자기 다그치는 통에 둘러댈 말도 없고 괜히 어설프게 했다가는 집요한 녀석의 질문 공세가 쏟아질 게 뻔해 그냥 산타 잔치의 천기를 누설하고 말았다.

작년까지만 해도 철석같이 믿었던 녀석인데 어른들이 자기한테 거짓말했다고 엄청나게 분해했다. 어떻게 그럴 수가 있냐고. 크리스마스 때 오시는 산타는 진짜고, 어린이집에 오시는 분만 그런 것이라고 일단 변명을 했더니 믿을락 말락.

일단 등원길에 오른 아이에게 친구들한테는 절대 말하면 안 된다고 신신당부했는데 어린이집이 발칵 뒤집히는 건 아닌지 모르겠다. 체육 선생님이 산타래!

참을 수 없이 즐거운 웃음소리

둘째를 낳고 얼마 안 되어 층간 소음 분쟁을 크게 겪었다. 아이가 둘이었기 때문에 당연한 얘기지만 내가 가해자가 되었다. 하지만 나는 정말 가해자였을까. 둘째가 뒤뚱거리기 시작한 이후론 빈틈 없이 매트를 깔아놨고 아이가 연속적으로 뛰는 건 용납하지 않았다.

하지만 아래층 사람들은 기본적인 생활 소음에도 참지 못하고 항의를 했다. 낮에 청소기를 돌릴 때나 화장실 청소를 할 때도 인터폰을 했다. 내가 신경쇠약에 걸릴 지경으로 아이들을 단속했지만, 아이들이 없거나 자는 시간에 다른 집 소음을 착각하여 자기 집 천장을 막대기로 치거나 문밖에 쪽지를 붙이고 가는 등 상식 밖의 행동에 미안함보다는 분노가 일었다.

하지만 그런 일을 겪으면서 제일 힘들었던 건 바로 나 자신 때문이었다. 아이들이 노는 소리, 웃는 소리를 못 참아 냈던 것이었다. 울고 떼쓰는 소리나 쿵쾅거림도 있지만, 아이들이 기뻐서 지르는 소리나 원초적 즐거움을 표현할 수밖에 없는 뜀박질도 참을 수가 없게 된 거다.

물론 아이를 키우며 아파트에 사는 만큼 항상 뛰는 것, 큰 소리 나는 것에 민감했지만 그때 내가 느낀 감정은 이전과는 비교할 수 없는 것이었다. 미친 듯이 아이들을 힐난했다. 자기들은 즐거운데 화내는 엄마, 함께 기뻐하지 않는 엄마, 즐겁지 말라고 소리 지르는 엄마.

그게 너무 슬펐고 그 분쟁 때문에 일 층으로 이사한 지일 년이 지나도록 그때의 기억에서 벗어나지 못하고 있다. 일 층인데도 아이들이 큰 소리를 내거나 뛰면 나도 모르게 제지하곤 한다. 시간이 좀 더 지나야 자유로울 수 있을까. 그러길 바란다. 아이들의 즐거움을 웃는 낯으로 바라보는 엄마로 기억되고 싶으니까.

자기 자신이 된다는 것

빨래를 널려고 베란다로 나오자 따라 나온 큰아이. 괜히 귀여워서 말을 붙여봤다. 엄마가 요즘 공부하러 다니는 것에 관심이 많은 아이가 이것저것 나에게 질문을 했다. 문득 아이를 보다가 뜬금없이 물었다.

—너는 너인 게 좋아?
—응, 좋아. 엄만 안 좋아?
—음. 잘 모르겠어. 엄마가 욕심이 많나 봐.
—왜?
—뭘 할지 몰라서. 아, 하나는 됐네. 엄마.
—음. 엄마. 근데 그건 자기 자신이 아니잖아?

아이의 말을 듣고 잠시 아찔했다. 나는 나 자신일까. 잘 모르겠다. 똑 떨어질지 모를 드라마 작가 수업 상급반을 신청하고 비폭력 대화니, 상담 수업이니 일주일이 빡빡하다.

남는 건 없다. 돈도 못 벌고 쓰기만 하고 있지. 내가 요즘 하는 것들이 나중에 아무 영양가도 없고 의미도 없고 시간 낭비만 한 것일지도. 그래도 그냥 하고 있다. 그러고 나면 모르겠다, 그땐 뭐가 보일지. 그게 나 자신일지, 누구일지.

엄마가 공부하는 곳에 가보고 싶다는 녀석. 자기 자신이라니, 녀석의 입에서 나온 소리에 뭉클했다. 잠시 나 자신을 생각하게 해줘서 감사.

똑같으니까 싸우지

어제 좀 큰 부부싸움이 있었다. 아이들 앞에서 자제하는 편인데 엄마도 인간인지라.

부부가 싸워도 아이 앞에서 화해하는 모습과 갈등을 해결하는 방법을 보여주는 게 더 중요하다는데 언제나 실천은 어려운 법이다. 남편이 사과해도 안 받고 하루를 넘기고 말았다.

심사가 불편한 채로 아이들과 놀이를 하던 중 큰아이가 말했다. 짐짓 심드렁하게.

—엄마, 아직도 아빠한테 화 안 풀렸어?

—응. 안 풀렸어. 아빠가 엄마 마음을 잘 모르는 것 같아 안 풀려.

—음. 그럼 엄마도 똑같은 거네.

—뭐가?

─엄마도 아빠 마음을 모르는 거잖아.

자고로 똑같으니까 싸우는 법이라는 걸 녀석은 어찌 가르쳐주지도 않았는데 아는지. 물렁하지만 뼈가 가득 들어 있던 아이의 말에 입은 있으나 할 말이 없었다. 일주일 정도는 남편 앞에서 묵언 수행할 각이었는데 못 하지 싶어졌을 뿐이고, 아이에게 또 한 수 배웠을 뿐이고… 뭐 그렇다.

엄마 선배

요즘 부쩍 힘들게 하는 큰아이. 애를 많이 쓰며 키웠다. 예민한 아이라서 매사에 신경이 쓰였다. 나도 좋지 못한 성정의 소유자라 힘들었지만 내 아이라 별도리 없었다. 그냥 애쓰는 수밖에.

사교육은 안 시켜줬지만 책 한 권도 생각하며 샀고 말 한마디도 생각하며 뱉었고 시선 하나도 의식하며 두었다. 하지만 그건 눈에 보이지 않는 것이고 나만 안다. 내가 애쓴 건 나만 안다고 생각했다.

친정 엄마한테는 힘든 이야기를 잘 안 하는 성격이다. 맏딸도 아닌데 맏딸 콤플렉스가 있는 나. 문득 엄마와 전화로 큰아이에 관해 이야기하다 울컥했다. 그날은 왜 그랬는지 꽤 울분을 토했던 것 같다. 엄마가 잠시 아무 말 없다 말했다.

―안다. 너 애쓴 거 안다. 엄마니까 참고 하는 거야. 조금만 더 참아봐. 잘할 거다. 아이 장점을 생각해봐. 자꾸 단점을 생각하지 말고. 엄마도 너희 키울 때 참고 기다리니까 잘했어.

엄마가 딸한테 하는 소리가 아니라 엄마인 나에게 엄마 선배로서 전하는 말, 위로. 엉엉 울고 싶다가 좀 참아졌다.

모든 건 찰나이자 우연

둘째 아이가 허판자이나로 계속 아팠다. 남편이 연일 야근 중이라 혼자 아픈 아이를 데리고 독박 육아를 한 지도 오래였다. 날은 더웠고 잠은 잘 못 잤고 도무지 생각이란 것을 할 수 없었다. 해야 할 일들을 그냥 관성대로 할 뿐이었다. 오늘에야 완치 확인서를 받으러 병원에 갔다. 볼일을 마치고 얼른 오고 싶었지만, 저녁거리를 위해 근처 마트에서 간단히 장까지 봐서 돌아오는 길이었다.

평소 같지 않은 컨디션에 혼자 아이 둘을 챙기며 여기저기 정신없이 다니다 운전대를 잡았다. 그때의 내 상태는 핸들을 내 손이 잡고 있는 게 분명했지만 내가 잡은 것이라고 말하기 어려운, 뭐 그랬다. 그런데 하필 그때 내 차선으로 무리하게 버스가 들어왔다. 이미 급정거하기엔 늦었고 본능적으로 핸들을 왼쪽으로 돌렸다가 다시 돌아왔는데 그와 동시에 내 옆으로 경적을 울리며 빠른 속도로 쌩하니 지나가는 차 한 대.

버스는 아랑곳하지 않고 이미 가버렸고 나는 너무 놀라 무슨 정신으로 집까지 왔는지 기억도 나지 않을 정도였다. 멍하니 주차하고 선뜻 내리지도 못한 채 운전석에 앉아 있자 큰아이가 물었다.

—엄마 괜찮아? 내가 짐 들어줄까.

그 난리에 잠든 둘째를 안고 큰아이의 도움을 받아 짐을 내린 다음 집에 들어와 둘째를 눕힌 뒤 나도 시체처럼 누웠다. 망연한 채 천장만 바라보고 있던 중 문득 김치찌개가 먹고 싶어졌다. 일어나 밥을 새로 하고 찌개를 끓여 아이들과 먹고 포만감을 느끼며 앉아 있으려니 모든 게 다 꿈만 같았다.

모든 건 다 찰나이다. 내가 살아 있는 건 우연이고. 우연일 뿐인데 뭘 그리 애를 쓰며 살까. 대충 살자. 맛있는 것 먹고 내 아이들 볼 수만 있다면 그걸로 된 거지. 다 괜찮은 거지.

나를 귀찮게 하는 건

서점에서의 일이다. 책을 보는 큰아이 옆에 잠시 서 있었는데 어디선가 한 아빠의 날 선 목소리가 들려왔다. 목소리가 크진 않았지만 뭔지 모르게 소름 끼치는 폭력적인 말투였다.

아홉 살쯤 되는 아이와 동생이 대상이었다. 아마 자신의 아이였겠지. 요는 귀찮게 왜 자꾸 자기한테 전화를 하냐는 거였다. 귀찮게? 그러니까 이 아빠는 두 아이만 서점에 두고 본인의 볼일을 보러 나갔었나 보다. 무슨 사연인지 엄마는 자리에 없었는데, 어이없게도 엄마한테 전화를 걸어 왜 애들이 나를 귀찮게 하냐고 따지는 거였다. 게다가 아이에게 계속해서 조용하지만 폭력적인 어조로 나를 귀찮게 하지 마라, 를 반복해서 말했다.

우리 아이가 그곳에서 책을 보고 있어서 나는 멀리 갈 수도 없었는데 그 아빠의 말이 너무 듣기 괴로웠다. 아니, 그

아이들을 보는 게 너무 괴로웠다. 아이들은 아빠의 훈계에 아무 말도 제대로 하지 못했다. 그냥 묵묵히 아빠의 말을 견디고 서 있을 뿐이었다.

몇 분 후 그 아빠가 어디론가 사라지고 아이들만 남았다. 아이들은 익숙한 듯 다시 책을 보거나 장난감 매장을 기웃 거리거나 했다. 특별히 상처받은 것 같지도 않았다. 그런 아이들의 뒤통수를 보는데 울컥했다. 너희들을 처음 보는 이 아줌마도 이렇게 마음이 아픈데 아이들은 얼마나 많은 시간을 이렇게 보냈을까. 지금까지도 마음이 아프다.

물론 나도 그럴 때가 있다. 나뿐 아니라 대다수의 평범한 부모들은 모두 조금씩은 아이가 귀찮을 때가 있을 것이다. 하지만 나를 귀찮게 하는 게 정말 아이들일까.

그게 아니라는 걸 그 아빠의 모습을 보면서 다시 생각해 보게 됐다.

너의 죄를 사하노라

집에 돌아오기 무섭게 시작되는 큰아이의 고해성사.

―오늘 ○○가 갑자기 나를 안아서 들어 올렸어. 내가 기분이 나빴어. 그래서 화내고 밀었어. 그랬더니 ○○가 나보고 바보래.

하루에 한 번 이상, 이런저런 싸움과 갈등에 대한 에피소드가 없는 날이 드물다. 물론 다행히 아직까진 문제가 될 만한 불상사는 없었지만 1학년 남자아이들이 무슨 짓을 한다 해도 놀라운 건 없지 싶다.

지난번엔 ○○가 기분 나쁜 말을 해서 발차기를 했는데 다행히 ○○가 피해서 맞지를 않았다, 는 말을 하기에 근데 왜 그런 말을 하니, 결국 ○○가 안 맞았다는 건데(신체적 접촉만 없다면 다행인 걸로) 굳이 엄마한테 말 안 해도 될 것 같은데, 했다.

—엄마한테 말을 안 하면 가슴이 답답해져. 말을 하고 나면 시원해져.

매일 아이가 돌아올 때마다 오늘은 또 무슨 소리를 할지 긴장되지만 그래도 아직까진 불편한 감정을 나에게 해소해주는 걸 감사하다고 여겨야 할까. 안 해도 되는 말은커녕 해야 할 말도 안 하는, 그러니까 아무 말도 안 하는 사춘기 때 지금의 기억을 떠올려보고 그때가 좋았지, 생각할지도 모르겠다.

그나저나 난 종교도 없는데 내가 무슨 신부님도 아니고 말이다. 어쨌든 아이의 고해성사는 아마 오늘도 계속될 터이다. 아멘.

엄마 인생 상담은 공짜

―엄마가 요즘 입맛이 없어. 뭘 먹어도 맛이 없더라.

―엄마가 좋아하는 걸 먹어야지.

―엄마가 좋아하는 쌀국수를 점심으로 먹었는데도 입맛이 없었어.

―맛이 없게 하는 식당에 간 거 아니야?

―아니야. 맛은 있는데 입맛이 없었어.

―엄마, 커피 좋아하잖아. 커피도 맛없어?

―응. 요즘엔 커피도 맛이 없어.

―밤에 잠이 잘 안 와?

―아니. 잠은 잘 오는데?

―뭔가 힘든 게 있나 보지.

―요즘 동생이 너무 고집을 부려서 힘든가 봐.

―그럼 걔가 고집부릴 때 힘든지, 고집을 안 부려도 힘든지 한번 생각해봐.

―….

큰아이와 걸어가다 문득 나눈 대화. 무엇인지는 모르겠으나 얘기하다 보니 아들한테 공짜로 인생 상담을 받은 것 같은 기분이 들었다. 아무래도 너와 내가 거꾸로 된 모양이다.

키보다 큰 사랑

아이가 학교에서 돌아오면 숙제나 알림장을 확인하려고 아이 가방을 살핀다. 어제 돌아온 아이 가방을 열어보니 못 보던 필기구가 눈에 띄었다. 펜 뚜껑에 불이 들어오는, 내가 사준 기억이 없는 필기구였다. 아이에게 물어보니 방과 후 과학 시간에 받은 거라고 했는데 왠지 싸한 기분이 들어 계속 물으니 자기 것이 맞다는 짜증 섞인 대답뿐이었다. 그러나 엄마의 촉으론 왠지 꺼림칙해서 엄마가 선생님에게 확인을 해봐야겠으니 만에 하나 네 것이 아니라면 지금 말하는 게 좋을 거라고 추궁했다.

아이는 계속 자기 것이라고 했지만 아이를 못 믿은 나는 선생님께 문자를 보냈다. 그러곤 수업 중에 나누어준 것이 맞다는 답장을 받았다. 그제야 보이지 않는 글자를 쓰고 빛으로 비춰보면 글자가 보이는 실험을 했던 아이의 모습이 떠올랐다. 그것도 내 앞에서 했던 실험이었는데….

쥐구멍이 있다면 들어가고 싶었던 몇 안 되는 순간이었다. 아이에게 진심으로 사과하고, 억울했지, 엄마가 밉지, 하고 물으니 아이는 눈물이 좀 그렁한 채 괜찮다고 대답했다. 그 말에 나도 좀 그렇해져서 어떻게 그렇게 엄마를 쉽게 용서해주냐고 어떻게 그럴 수 있냐고 했더니 엄마를 사랑해서 그런다고.

아이는 나를 사랑해서 용서하는데 나는 아이를 사랑한다고 말로만 나불대면서 아이를 믿지 못했다. 아이가 보여주는 사랑은 언제나 나보다 더 컸던 것이 아닐까. 조건 없는 사랑을 주는 것은 부모가 아니라 언제나 아이들이 아닐까.

나는 내 사랑이 언제나 먼저라고 생각했는데 이런 일들이 있을 때마다 정말 그럴까 하는 의심이 들곤 한다.

3부

어쨌든 사랑이다

둘째, 다시 보기

둘째 아이가 병설 유치원에 입학한 지 얼마 되지 않아 사정상 구립 어린이집으로 급히 옮기게 되었다. 아이를 두 번 적응시키느라 나만 고생인 줄 알았는데 아이도 힘들었나 보다.

큰아이는 키우면서 신경을 많이 썼다고 자부할 수 있는데 둘째에게는 할 말이 별로 없다. 외향적인 성격인 데다가 남자아이 같은 성향이라 알아서 잘할 거라고만, 아니 그렇게 내가 믿고 싶었던 거지. 학령기인 데다 좀 더 예민한 큰아이를 살피는 데 내 신경이 더 가고 있음을 부정할 수가 없다. 그렇게 믿고 싶던 내 바람과는 달리 요즘 부쩍 둘째가 등원 거부도 잦고 불안정한 것 같아 화도 많이 내곤했다.

왜였을까. 오늘은 아침부터 어린이집에 가고 싶지 않다

고 하는 아이에게 화를 내는 대신 하루 자체 휴일을 갖자고 말하곤 같이 손잡고 근처 쇼핑몰로 나섰다. 쇼핑몰에 도착해서 에스컬레이터를 타고 올라가는데 아이가 나를 이상하게 보더니 말했다.

—엄마, 우리 둘이 나온 건 처음이다. 근데 오늘 왜 쉬어? 오늘 엄마 이상해! 엄마 왜 그렇게 얌전해? 오늘 내 생일이야?

나를 향해 연신 질문을 쏟아내는 아이를 보며 할 말을 잃었다. 그랬나? 아이가 기관에 다닌 이후론 병원 출입이 아닌 둘만의 외출은 처음이었구나. 나는 몰랐다. 아이는 알고 있었다. 나는 모르고 아이만 아는 것이 너무 많은 것 같다. 그러자 갑자기 멍해지면서 눈앞이 뿌예졌다. 아이가 내내 보고 있으니 이럴 땐 억지웃음이라도 지어야 한다.

다시 아이를 본다. 이제라도 다시, 다시 보자. 찬찬히. 천천히.

이 또한 지나가리

어제 아홉 시 무렵 아이들을 재우기 위해 누웠다가 그 자리에서 내가 먼저 잠이 들고 말았다. 술도 안 먹었는데 숙취가 올라올 것 같은 월요일 아침.

요즘 둘째가 너무 뛴다. 그냥 뛰는 정도가 아니라 너 어무 뒤도 안 돌아보고 뛴다.

사람 많은 곳에서 아찔했던 적이 한두 번이 아니라 충격 요법이랍시고 눈이 튀어나오게 무섭게 화를 내도 학습효 과는커녕 날 버릴 거냐는 역효과만 일어날 뿐이었다. 어제 아이 잡으려고 백만 년 만에 전력 질주를 했더니 온몸이 쑤 신다.

아이가 한창 그럴 때인 거겠지. 큰아이 때도 그랬지, 이 또한 지나가리, 염불을 외듯 해도 매일매일이 새롭다. 매일 이 새로운 도전이다. 이거 원, 뭔 타이틀매치도 아니고 수

건 던지면 끝나려나.

　뛰지 말라고 하면 안 되겠지? 그래, 그럼 뛰더라도 오늘은 좀 살살 뛰렴. 아, 가끔 엄마도 돌아보고 말이야.

하나가 가면 또 하나가 오고

아침부터 사탕을 먹겠다고 떼를 부리던 둘째. 밥 먼저 먹고 먹어라, 하고 식탁에 아침식사를 차려주고 거실에 앉아 있었다.

잠시 후 밥이 조금 남은 밥그릇을 가져온 녀석. 그새 먹긴 뭘 먹었을까 싶고 딱 봐도 입가가 깨끗한데 말이다. 그런데 밥그릇에 밥은 별로 없으니 이상해서 먹은 것 맞냐고 묻자 끄덕끄덕. 괜히 의심쩍어서 식탁으로 갔더니 식탁 한 구석에 떡하니 덜어놓은 밥이 보였다. 버리려면 안 보이는 데 버리기라도 하지, 실소만 나올 뿐이었다.

어쨌거나 이 녀석이 벌써 이런 눈속임을. 엄마는 못 속이니까 속일 생각 하지 말라는 말이 다 끝나기도 전에 이미 석고대죄의 자세로 대성통곡을 하는 녀석. 아이를 앉혀놓고 별로 화가 나진 않지만 일부러 화난 얼굴로 혼내고 있었다. 마침 등교 준비를 하면서 지나가던 큰아이가 딱하게 동생을 쳐다봤다.

─너 그럴 줄 알았다. 엄마는 못 속여.

경험을 통해 아는 녀석과 이제 경험을 쌓아야 하는 녀석. 하나가 가니 또 하나가 온다.

생일 축하해

아홉 번째 생일을 맞은 큰아이. 나는 아이들 생일마다 떡을 해준다. 열 살까지만 해주자, 했으니 이제 일 년 남았다. 볕 좋은 쪽으로 밥, 국, 떡 등 삼신상을 차려두고 잠시 생각에 잠긴다.

미신도 아니고 무엇도 아니고 그냥 마음으로 감사의 인사를 드리는 거다. 무탈함을. 아이는 이제 2학년 까불이 형이 되었다. 어찌나 까부는지 계속 태도에 빨간불이 들어왔다.

상담 기간에 학교에 갔더니 선생님이 아이가 원래 까부는 녀석인 줄 아셨단다. 얌전한 성격은 아니지만 까불이는 아니었는데. 아마 2학년 반 분위기가 좋고, 재미있는 친구들도 많고, 선생님도 잘 받아주시기 때문인 듯했다. 아이가 더 활발해지고 많이 웃어 반갑기도 하지만, 정도는 넘지 말자고 이야기해주겠다고 말씀드렸다. 그러자 선생님께서 태도에 제동을 너무 건 게 미안하다며 이젠 칭찬도 많이 해야겠다고 하시는데 찡했다.

솔직히 지난 1학년 내내 좀 많이 힘들었다. 아이도 그렇고 나도 그렇고. 일일이 말할 수 없는 많은 일이 있었지만, 다 겪고 보니 그래, 겪어야 할 일이었구나 싶다. 아이도 한 해 동안 아픈 만큼 자란 것 같고 나도 그럴 것이다.

요즘엔 아침에 혼자 학교에 가는데 둘째랑 같이 배웅을 한다. 생일이라고 미역국 먹고 자기 생일 떡도 먹고 혼자 씻고 옷 입고 가방 챙기고 늦었다고 서두르던 아이가 갑자기 신발을 벗고 들어오더니 나를 안아주고 동생도 안아주고 "갔다 올게!" 하고 씩씩하게 나갔다.

아이가 가고 뒤돌아서 눈가를 훔쳤다. 더도 말고 덜도 말고 지금처럼만 건강하게 밝게 잘 자라줬으면 좋겠다.

생일 축하해.

집을 떠나지 않으려면

큰아이가 밥을 먹다가 뜬금없이 대학교에 가면 집을 떠나야 하냐고 물었다. 어디서 무슨 이야기를 들었나 싶으면서 서울에 있는 대학을 가면 안 떠나도 된다, 하지만 다른 지방에 있는 대학엘 가면 떠나야 한다고 했더니 자기는 안 떠날 거란다. 집 떠나기 싫어서 서울에 있는 대학을 갈 거라고. (어디 그게 네 맘대로 되겠니. 큭.)

언젠가 다 큰 아들을 둔 선배가 그랬다. 남자애들은 혼자 사는 걸 싫어한다고. 이유가 집 떠나기 싫어하는 게 엄마 아빠가 좋아서가 아니라 집안일하는 게 귀찮아서라나.

혼자 속으로 웃다가 대학 가면 어른이기 때문에 자기는 자기가 책임을 져야 한다, 집안일도 해야 하고 엄마 집에 살아도 돈을 내야 한다, 돈이 없어서 못 내면 나중에 돈 벌어서 갚아라, 엄마는 다 받을 거다, 했더니 아이의 동공에

지진이 났다.

녀석이 생각할 수 있는 가장 큰돈인 백만 원, 이래도 갚아야 하냐며 엄마 너무하단다. 그래, 엄마가 진짜 너무하지 않으려고 백만 원으로 대학을 다니려면 너 진짜 공부 열심히 해야겠구나, 란 말은 하지 않는 걸로.

늦둥이 실감

자기가 응가하는 동안 화장실에 있어달라는 둘째. 잠깐 욕조에 걸터앉아서 아이의 얼굴을 본다. 변기에 앉은 채 아이가 종알거린다.

―엄마, 어린이집에서 오늘 집에 대해 배웠는데 난 나중에 집에서 고양이도 키우고 개도 키우고 꽃도 키울 거야.

그걸 다? 하는 소리가 절로 나왔지만 그럼 좋겠다, 영혼이 좀 없어도 아이의 말에 맞장구쯤은 제때 쳐줘야 한다.

말하고 나니 자기가 생각해도 키울 게 좀 많았던지 내가 엄마만큼 큰 다음에 키울 거라고 덧붙이는 녀석. 그러다 다시 갸우뚱거리며 자기가 엄마만큼 크면 엄마는 몇 살이냐고 묻는 것이다. 어림잡아도 아마 팔십 살도 넘을 거라고 했더니 금방 울상이 된다.

—그럼 엄마 할머니 되잖아. 난 빨리 엄마처럼 크지 않을래. 엄마 할머니 되지 마.

그게 엄마 맘대로 되겠냐만 할머니가 빨리 되지 않도록 최선을 다하겠다고 이야기하니 그제야 안심하는 아이.

이럴 때 실감 난다. 둘째를 늦게 낳았다는 게. 이제 시작일 뿐인데, 큰아이 땐 그럭저럭 중간은 갔는데 둘째 친구 엄마 중엔 내 나이를 당할 사람이 없다. 흰머리는 점점 늘어가고 좀 오래 서 있으면 무릎도 아프고 글씨는 멀찌감치 봐야 잘 보이고 노화의 증상이 이미 나타나고 있다.

그래도 기운을 내야겠다. 평생 안티에이징에 관심 없이 살아왔지만 비타민도 챙겨 먹고 운동도 챙겨 하고. 아이를 위해서, 또 나를 위해서.

각자의 사정

짜증이 많은 아이를 구 년째 키우면서 내공이 쌓였다고 착각한 몇 달의 대가를 혹독히 치르는 중이다. 요즘 들어 내 감정을 조절할 수가 없어 애를 먹고 있다. 아이의 성향이 그런 것이니 이해해야지 하면서도 아이에게 감정적으로 대하고 있는 나 자신을 발견하곤 한다.

일찍부터 아이와 실랑이를 해 기분이 좋지 않았던 아침. 엄마와 통화하면서 무의식중에 짜증 섞인 반응으로 이야기하는 중이었다. 이런저런 이야기 끝에 엄마가 새로 한 김치를 가져다 먹어라, 하고 말씀하셨다. 갑자기 눈물이 핑 돌았다. 그 순간 무언가가 갑자기 깨달아진 탓이었다.

내가 우리 아이 같은 아이였다. 짜증을 많이 냈었다, 엄마한테. 나는 왜 그랬을까. 엄마는 그런 나를 키우면서 어떤 마음을 갖고 계셨을까. 두 개의 질문으로는 다 이해하고 이해받기는 어려울지 모르겠다. 하지만 어렸던 나도 나대로 사정이 있었겠지. 그런 딸을 키워야 했던 엄마도 엄마대로 사정이 있었을 것이다.

그래, 지금 내 아이도 사정이 있겠지. 예전의 나처럼. 그러고 보니 아이가 좀 덜 미워졌다.

내일은 오랜만에 엄마 보러 가서 김치 많이 가져와야겠다.

하루 딱 오 분

저녁식사를 마치고 집안일을 마무리하는 시간. 거실을 치우고 남은 설거지를 하고 빨래를 널고 개고 정리하다 보니 허리가 펴지지 않았다. 침대까지 가지도 못하고 그냥 화장대 앞에 누워버렸다. 누운 채 아무 영양가 없는 회한에 사로잡혀 있었다. 그것도 잠시, 미처 회한에 다 사로잡힐 시간도 없이 둘째가 다가왔다. "엄마, 왜 그래?" 힘들어서 그러니 엄마를 좀 안아줘, 했다.

내 말에 살뜰히 뽀뽀해주고 안아주고 침대까지 데리고 가 눕혀준다. 덤으로 엄마한테 백설공주 이야기를 해준단다. 엄마 잘 자라고. 저절로 감기는 눈으로 아이의 실감 나는 이야기를 듣는다. 점점 무거워지는 눈을 조금 더 떠서 새삼 아이를 본다.

요즘은 둘째가 재롱떠는 걸 보는 재미로 산다고 해도 지나치지 않는다. 물론 하루 종일 모든 번거롭고 수고로운 일들을 견디다 딱 오 분의 순간이지만, 내가 너무 많이 손해인 것 같지만, 그래도 지금 이 시절 나를 견디게 해준 힘으로 기억에 남을 것 같다.

노 어덜트 존

아빠랑 오빠가 다른 일정이 있는 탓에 둘째와 오랜만에 쇼핑몰에 갔다. 주말이라 그런지 사람이 무척 많았다. 카페마다 식당마다 꽉꽉. 어렵게 카페에 자리를 잡았다. 이젠 좀 컸다고 어엿하게 한자리 차지하고 음료도 따로 주문해서 야무지게 마시는 딸내미. 그러면서 어른들로 꽉 찬 북적북적한 카페를 쭉 둘러보더니 관전평까지 잊지 않는다.

—엄마, 어른들은 친구를 만나면 왜 이렇게 말을 많이 해. 우린 안 그러는데. 우린 그냥 할 말만 딱 하고 놀아. 아, 시끄러워.

실소가 절로 나왔지만 어째 맞는 말 같기도. 노 키즈 존만 있더냐, 노 어덜트 존(물론 안 시끄러운 어른 빼고)도 필요하지 않나 싶다.

그대와 춤을

라디오에서 신나는 음악이 나오자 춤을 추는 둘째 아이. 그 모습이 예뻐 볼륨을 약간 올려주려고 다가가자 아이가 내 손을 잡고 같이 춤을 추잔다.

마흔 하고도 넷을 더 먹은 처지에, 아니 스무 살 언저리 어떤 시절에도 스스로 춤이라고는 춰본 적이 없는 한평생을 살아왔는데 딸이 내 손을 잡아끈다. 뒤뚱뒤뚱 무거운 몸으로 사뿐사뿐 아이보다는 못하지만 따라 춰본다.

자기 손을 잡고 춤추는 엄마를 보며 환하게 웃는 아이. 문득 떠오르는 둘째가 아기일 때 아기 띠로 안고 같이 춘 기억. 그러고 나니 좀 자연스러워지는 내 몸짓.

이젠 서로 안고 쿵작쿵작. 오래전 추억을 새삼 더듬어 기억도 춤을 추는 듯했다. 문득 아이를 본다. 네가 아니었으면 내가 이런 생을 살았을까. 하루 종일 종종거리다가 힘들어 힘들어 하다 잠시 잠깐, 반짝하는 순간. 꿀맛 같다.

너무 열심히 살지 말기

요즘 즐겨 보는 드라마에서 반평생 동안 치열하게만 살다 곧 죽음을 앞둔 주인공이 이렇게 이야기했다.

—우리 너무 열심히 살지 말아요. 놀아요.

나는 아직 그 나이도 되지 않았고 그렇게나 치열하게 살아오지는 못했지만 그 대사가 어찌나 콕 박히든지. 나 스스로에게도 하고 싶은 말이었지만 그 누구보다 남편에게 들려주고 싶었다. 나도 딴에는 열심히 사는 사람인데 나보다 더 열심히 사는 사람이랑 같이 사는 사람으로서 피로감이 쌓였던 것 같다. 바쁜 직장에, 따야 할 자격증 준비에, 각종 경조사에 올해부터 인터넷 강의까지.

남편이 평균적인 한국 남성과 비교했을 때 꽤 가족 중심적인 사람이지만 결정적으로 그에게는 시간이 없다. 생각해보면 시간이 없는 게 늘 내 결혼 생활의 문제였던 것 같다. 육아에 있어서도 엄청난 문제였고.

항상 시간과 싸움 중인 사람. 늘 계획이 차 있는 사람. 늘 뭔가 해야 하고 노력해야 하는 사람. 더 나은 미래를 준비해야 하는 사람. 하다못해 노는 것도 열심히 계획을 세워야 하는 사람. 그 사람이 바로 남편이다.

이런 삶에서 여유가 있을 수 없다. 그렇게 사는 게 옳다고 믿고 있지만 그래서는 힘이 안 들 수가 없는 것이다. 남편 자신도 지쳐가는 것이 눈에 보이는데 본인만 모르고. 그럼 나라도 그걸 받아줄 여유가 있어야 하는데 독박 육아에 지친 나는 여유가 더 없다. 나는 아예 남편과는 지향점도 다른 인간이고. 이런 주제로 약간의 다툼 후 남편에게 보낸 메시지.

당신은 현재에 없다. 내 옆에도 없고 아마 먼 미래 어딘가에서 혼자 서성대고 있는 것 같다. 근데 나는 거기에 없다. 우리가 생각하는 것보다 인생은 더 짧을 수도 있다. 나는 지금을 살고 싶다. 나는 당신하고 지금을 살고 싶은데 당신의 눈이 계속 미래를 향하고 있겠다면 혼자 그렇게 해라. 내가 당신에게 바란 건 편안함이다. 삶에 대한.

　결혼이라는 게 도대체 두 사람이 한곳을 바라보는 거라는 정말 식상한 문구가 진짜 가능하기는 한 걸까 싶다. 아마 남편 입장에선 꽤 억울할지도 모르겠다. 내가 무슨 죄야. 열심히 산 죄밖에 없는데. 미안하다는 답장에도 또 노력하겠다는 남편. 그래서 노력하지 말라고 그렇게 열심히 사는 게 문제라고 말했는데, 못 알아들었으리라.

　나라도 열심히 놀아야겠다. 나라도 열심히 살지 않아야겠다. 나에게도 올 어느 날, 그 드라마의 주인공 같은 때늦은 회한에 사로잡히긴 싫으니까 말이다.

사랑도 적금이 되나요

요즘 큰아이에게 화를 많이 내고 있다. 모르겠다. 특별한 이유가 없으니 더 문제다. 아주 사소한 것도 하는 행동이 마음에 안 들고 보기 싫고 짜증이 난다. 이러다 큰일 나겠다 싶어 오죽하면 유튜브에 내 아이가 미워요, 를 검색해서 관련 팁을 찾아보았겠나.

아이는 예전에 비하면 훨씬 좋아졌다. 더 어렸을 때 힘들었던 것들이 나이를 먹으면서 저절로 해결된 부분이 많아졌다. 아이가 아니라 나에게 무슨 일이 일어난 건지.

아무것도 아닌 일에 아이에게 큰 화를 몇 차례 내곤 했던 어느 날. 우연히 남편이 잘못 찍은 사진을 보고 잠시 멍했다. 둘째를 안고 있는 나에게 다가오지 못하고 멀찌감치 떨어져 슬픈 눈으로 나를 바라보던 큰아이. 우연히 잘못 찍힌 한 장의 사진이 지금 우리 상황을 너무 극명하게 보여주고 있었다.

같은 일을 해도 첫째는 당연한 거고 둘째는 기특한 이상한 마음의 논리. 큰아이는 학령기라 둘째보다 좀 더 신경이 많이 쓰이고 실제로 해주는 일도 많다. 둘째는 그냥 개근하다시피 가는 어린이집에서 네 시에 데리고 오는 것밖에 해주는 게 없다. 그런데 왜 그럴까. 둘째가 귀여워서 뽀뽀하다가 문득 깨달았다. 내가 요즘 큰아이에게 주지 못하고 둘째 아이에게만 주고 있는 것을. 바로 사랑을 보여주는 것.

큰아이에게는 다른 건 잔뜩 해주지만 사랑을 못 보여주고 있는 것이다. 큰아이에 대한 사랑은 이제 많은 책임과 의무 속에 변해버린 걸까. 내가 잊은 걸까. 큰아이가 둘째만 했을 때 아마 큰아이도 지금처럼 했을 텐데 말이다.

엄마의 모순적 행동을 몸으로 받아내고 있는, 엄마가 무서워 곁에도 쉽게 못 오는, 둘째를 안고 있으면 안 보는 척하면서 다 보는, 첫째. 사실 알면서도 모른 척했던 건 아닐까. 둘 다는 너무 힘드니까. 결국 또 내 잘못인가 싶다.

자책만으로 무엇이 해결되겠는가. 사춘기 오기 전에 얼마 남지 않은 시간, 정신 차리고 알뜰하게 보내야겠다. 아까 새삼 큰아이를 안아주면서 이야기했다.

─엄마, 적금하는 거야. 나중에 네가 엄마 안 안아줄 때 꺼내 쓰려고.

오늘부터 여름방학 시작이다. 방학을 터닝포인트 삼아 잘 지내봐야지.

잘 가, 팔월아

드디어 끝날 것 같지 않았던 방학의 끝이 보인다. 큰아이 학교는 화장실 공사 때문에 개학이 늦었다. 이번 팔월은 지옥에서 온 한철쯤 된 것 같았다. 덥기도 평생 제일 더웠고 방학은 길었다.

그리고 다른 무엇보다 친정 아빠의 수술이 있었다.

일 년 동안 미루었던 수술인데 더는 미룰 수 없다는 의사의 최후통첩을 받고 방광을 적출하는 수술을 받으셨다. 다행히 수술은 잘되었고 다른 곳에 전이되지도 않아 비교적 이른 시간 안에 끝이 났다. 이제 회복만 하시면 된다고 한숨 돌리는가 했더니 우울증이 왔는지 먹기를 거부하셔서 가족 모두 애를 태우고 있다.

몸무게가 7킬로그램이나 빠지셔서 보기만 해도 눈물이 났다. 방학이라 아이를 데리고 이틀에 한 번꼴로 병원을 들락거렸다. 힘들다고 말하기에도 어질한 시간이었던 것 같다. 그냥 닥치니까, 어떻게든 해내야 하니까 살아졌다.

어제 외래 진료가 있어서 모시고 병원에 갔다. 주차장에서 몸도 못 가누시는 아빠의 손을 잡고 천천히 걸어가는데, 아빠 몸이 너무 깃털같이 가벼워서 내 손에 무게가 하나도 느껴지지 않았다. 울면 안 되는데 자꾸 콧잔등이 시큰거렸다. 너무 무서웠다. 억지로 참고 걸어가는데 앞서가던 큰아이가 나를 문득 쳐다봤다. 나를 보다 말다 가던 녀석이 어디선가 휠체어를 가져왔다. 내가 아빠를 앉혀드리자 불쑥 내 앞으로 오더니 휠체어를 밀기까지. 시키지도 않았는데. 세상 그런 캐릭터가 아닌데. 그래, 그래서 또 살아지는 거겠지.

지긋지긋했던 팔월이 가면 절친과 오래 미루었던 여행도 다녀오려 한다. 무더웠던 여름, 이만큼 잘 지나온 모두에게 박수를. 나 자신에게도 보내고 싶다. 잘 가라, 팔월아. 그 어느 때보다 새로운 가을을 기다려본다.

조금 덜 솔직하게

큰아이는 쇼핑을 재미있어 하는 편이다. 더 크면 어떨지 모르겠지만 아직은 꽤 괜찮은 쇼핑 메이트다. 학교가 방학 중이라 둘째가 어린이집에 간 사이에 오랜만에 둘만의 외출. 평소 잘 가던 문구점에서 윈도쇼핑 중이었다. 작고 귀여운 게 너무 많아서 예쁘다, 를 연발하며 구경하던 중 나도 모르게 물건마다 가격을 확인했나 보다. 디자인은 유니크하지만 그 때문에 가격대가 꽤 있는 가게였다. 그런 내 모습을 봤는지 아이가 한마디했다.

─근데 여기 비싸네.
─어, 비싼데 예쁘다. 네가 나중에 돈 많이 벌면 엄마 많이 사줘.

어쩌다 이런 구태의연한 멘트가 저절로 흘러나왔는지 내뱉고도 민망해지려던 찰나긴 했는데 정작 아이가 대답을 하지 않았다. 스스로도 웃기고 아이도 웃겨서 한마디 더 붙여보았다. "뭐냐. 대답을 안 해?" 했더니 그제야 자못 심각했던 아이의 얼굴이 펴지며 할 말을 찾았는지 대답을 했다.

―엄마, 확실하지 않은 것엔 대답을 하면 안 돼. 나중에 못 해주면 어떻게 해. 돈을 많이 벌게 될지, 돈을 많이 벌어도 엄마를 사줄 수 있을지, 잘 모르겠어.

아이의 대답에 저절로 웃음이 나왔다. 빈말은 하지 못하는 아이의 성격이 그대로 드러나는 지나치게 솔직한 생각. 누구를 닮았는지 잘 알겠는데 꼭 그래야겠냐 싶었다. 너무 솔직할 필요 없다, 그럼 너만 손해야, 라는 오래된 멘트가 입 밖으로 주책없이 또 나오려고 했지만 꾹 참았다. 나 역시 너무 솔직할 필요가 없는 걸로.

사는 게 먼저

나는 종교가 없다. 다시 생각해보면 살면서 뭔가를 믿어본 적이 없는 것 같다. 이를테면 나만 믿고 살아왔는지도 모르겠다. 잘난 척하려는 게 아니라 아무튼 그렇게 종교 없이 살아왔고 살고 있다.

앞으로도 그렇겠지만 엄마가 되고 나이가 들면서 많이 겸손해질 수밖에 없었다. 인생에 대해, 나 자신에 대해. 무엇보다 아빠가 아프시고 감당할 수 없는 순간들이 쌓여가던 근 반년 동안 나 말고도 뭔가 믿을 수 있는 게 있으면 좋겠다는 생각이 난생처음으로 들었다.

아무 의도도 없었고 계획도 없었다. 문득 성당에 가고 싶다는 생각이 들었다. 생각나는 게 명동 성당이었다. 미사도 없는 어느 날, 아무 시간에 그냥 갔다. 모르겠다. 들어서자마자 영문을 알 수 없는 눈물이 흘렀다. 눈물이 나는 가운데 한 이십 분을 그저 앉아 있었다.

인생에 답이 없는 게 답이다. 그냥 살아라. 네가 지금까지 그래 온 것처럼 잘했다, 잘못했다, 판단하지 말고 후회하지 말고 지금껏 그래 왔듯, 살아봐라. 그러고 나서 보이는 게 그게 답이다. 두려우냐. 그래도 살아라. 그게 삶이다.

성령의 목소리가 들린 것도 아니고 어떤 위로도, 해답도 얻지 못했다. 나 자신에게 말하듯 들리는 이야기가 있었을 뿐이다. 사실 그걸로 이미 충분했던 걸지도 모르겠다.

곁에 있어줄게

큰아이가 그린 그림을 보고 남편이 별생각 없이(이런 생각은 좀 있었으면 좋겠다) 별로, 라고 던진 말에 잘 안 울던 녀석이 금세 눈물이 그렁해졌다. 그런 아이가 안쓰럽기도 했지만 다른 사람의 비판에 쉽게 감정이 흔들리는 모습이 마음에 더 걸렸다. 알다시피 그런 일들은 언제나 일어나니까. 그럴 때 자신을 어떻게 다스려야 하는지 아이에게, 하지만 실은 나 자신에게 하는 이야기.

—그냥 아빠는 그렇게 생각하라고 해. 네가 네 그림이 괜찮으면 된 거야. 네가 한 일은 너 자신이 평가하는 거지, 남이 아니야. 남(부모도 남은 남이지)이 무심코 던진 말을 너무 깊이 받아들이지 마. 네 손해야.

여기까지 이야기하고 아이 얼굴을 보니 뭐가 뭔지 모르는 표정이고. 이해가 잘 안 되지, 물으니 고개를 끄덕이는 녀석. 더 이야기하려다 속상했지, 하고 그냥 한번 안아주었다. 그러면서 한마디 더. 엄마 말 그대로 알아듣지 못하겠지. 그래도 나중에 살면서 비슷한 일이 생길 때 엄마가 했던 말을 한번 떠올려봐. 그러자 아이가 가만히 생각에 잠겼다.

그런 아이의 얼굴을 보자 엄마의 신파인지 갑자기 맘이 짠해졌다. 그래, 너도 살면서 겪어야 배우겠지. 엄마가 그런 것처럼. 네가 가는 길이 꽃길만은 아닐 테니까 곧 배우게 될 거야. 역시 엄마처럼. 아니, 아직 나도 다 못 배운 것처럼. 엄마가 꽃길만 깔아줄 순 없지만(그게 옳은 것도 아니고) 네가 눈물 흘릴 때 옆에 있어줄게. 엄마는 그러라고 있는 사람이니까. 나중엔 엄마를 꼭 찾아줘.

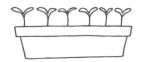

아무튼 사춘기

모처럼 날씨가 좋았던 주말, 야외로 드라이브를 나갔다. 오랜만에 마음에 드는 카페에 앉아 맛있는 커피를 즐기려는데, 둘째 아이가 가만히 앉아 있질 못하고 들썩거린다.

가뜩이나 요즘 사회적으로 노키즈존이니, 맘충이니 말이 많고 나 역시 남에게 피해를 주거나 아이가 까부는 걸 두고 보는 성격이 아니어서 아이에게 주의를 잔뜩 주었다. 그래도 자꾸 몸을 들썩거리는 아이를 보고 차라리 밖에 나가 놀라고 남편과 함께 내보냈다. 그 와중에도 까불면서 가는 둘째를 보며 이제 제법 의젓해진 큰아이에게 말했다.

ㅡ쟤는 왜 저러는 걸까?

유아 사춘기지 뭐, 하며 녀석이 킥킥 웃는다. 둘이 잠시 얼굴을 보고 웃다가 큰아이가 새삼 나를 보며 말했다.

—엄마, 나도 곧 사춘기가 올 텐데 그땐 엄마 어떻게 할래?

녀석의 입에서 사춘기라는 말이 나오는 걸 듣고 속으로 실소가 터졌지만, 짐짓 의연하게 대답했다.

—어쩔 수 없지. 어른이 되려면 사춘기도 겪어야 하지 않겠어.

요즘은 사춘기가 일찍 와서 초등학교 고학년이면 이미 시작되는 아이들이 꽤 있다고 한다. 그렇게 보자면 큰아이도 이제 멀지 않은 것 같다.

사춘기란 어린이에서 어른으로 가는 징검다리 같은 거라 꼭 건너야 한다. 부모에게 반항하고 자기를 부정해야 마땅한 시기다. 그래야 부모에게서 떨어져 건강한 독립을 이룰 수 있다.

나의 육아 목표는 아이의 독립이니까 언제까지 품에 안고 키울 수 없다는 것쯤은 잘 안다. 하지만 '품 안의 자식'이라는 말이 부모가 되기 전에는 정말 무슨 뜻인지 몰랐던 것 같다. 내 품을 떠나는 아이를 본다는 게 두렵지 않다면 거

짓말일 것이다

하지만 우리 모두 가야 할 길, 부정한다고 뭐가 달라질 것인가. 아이는 그 시기 동안 아이대로 크느라 고생을 할 거고 나는 내 마음을 잘 다스려야 할 것이다.

복잡한 심사는 애써 감추고 웃으며 큰아이에게 말했다.

― 엄마가 참아야지. 그래야 네가 멋진 어른이 되지 않겠어.

큰아이가 나를 보며 웃는다.

그래, 우리가 아직 서로를 보고 웃을 수 있어서 다행이지만, 머지않은 미래에 우리가 서로를 보고 웃을 수 없게 되더라도 엄마는 이 순간 너와 함께 웃었던 걸 기억할게. 그 기억으로 어려운 시기를 잘 버텨보자.

내려놓기

입술이 부르텄다. 요 며칠 피곤함이 쉽게 가시질 않았는데, 결국 입술로 뚫고 나오는 피곤함. 무리했나 보다. 쉬라는 뜻으로 알고 쉬는 날.

조금만 무리해도 금방 표가 나는 이 저질 체력으로 참 중년까지 큰 병 없이 살아온 내가 새삼 기특하다. 이십 대보다 지금 몸 상태가 더 나쁘다고 할 수가 없다.

그 시절 언젠가 썼던 메모가 있다. 하루라도 어딘가 불편하지 않은 날이 있었으면 좋겠다고. 매일 어딘가 아프고 어딘가 불편했던 그 시절들. 그에 비하면 엄마가 되고 나이는 먹었지만 훨씬 건강해졌다. 몸도 마음도.

지금 생각해보면 어찌 그런 좋은 시절을 그렇게 흘려보냈을까, 안타까운 마음이 들기도 한다. 그렇지만 깊게는 아니다. 그냥 그런 시절이었다. 그래야 보낼 수 있었던 시간이었다.

봄은 항상 나에게 쉬운 계절이 아니었는데, 그래도 이제
는 좀 살 만하지만 역시 버릇처럼 남아 있나 보다. 몸은 바
쁘지 않아도 마음이 너무 분주했던, 쥐고 있어봤자 별 쓸모
도 없는 생각들. 내려놓기. 언제나 답은 하나다.

나 자신에게 좋은 일을 하기

둘째는 다른 일정 때문에 나갔고 큰아이와 둘이 서점이라도 가려고 나선 길이었다. 문밖에 나오자마자 갑자기 뭔가 마음에 안 들었는지 가기 싫다고 짜증을 부리는 녀석. 아이와 신경전을 벌이다 화가 난 나는 그냥 집으로 돌아가려고 가던 길을 멈추었다. 그랬더니 이제는 집으로는 돌아가기 싫다고 짜증을 내는 아이.

아, 어쩌라고. 뚜껑이 열리다 못해 길거리에서 아이에게 소리 지르는, 남 보기에 딱한 엄마가 되기 일보 직전, 가까스로 달려가던 분노를 멈추고 집이 아니라 아이와 자주 가던 카페로 발길을 돌렸다.

날은 추웠다. 청포도 주스와 라떼 한 잔을 시키고 앉았다. 잠시 서로 아무 말 없이 각자의 음료를 마시고 천천히 창밖을 내다보았다. 눈이 내리고 있었다. 문득 아이를 보고 말했다. "여기 앉아서 이걸 마시고 있으니까 기분이 나아졌어." 아이가 말했다. "나도."

그런 아이의 얼굴을 보고 있자니 한 가지 인생의 팁은 전해주었지 싶은 마음이 들었다. 기분이 안 좋을 땐 좋은 곳에 앉아서 좋아하는 걸 먹거나 마실 것. 그것만으로도 좀 살 만해진다는 거. 그러고 나니 엉망진창이 될 뻔했던 나들이 길이 갑자기 포근해졌다.

두 마음 모두

동생을 챙겨야 할 때 그렇지 못한 큰아이. 오빠라서 양보하고 책임지고 챙기고 기타 등등. 그런 덕목을 애써 가르치지는 않았다. 최대한 공평하게. 단 나이에 맞게. 체급이 다른데 공평하게 대한다는 것이 불공평한 일이기 때문이다. 물론 본인들 기준엔 다 채워지지 않았겠지만 내 기준은 그랬다.

하지만 정말 공평하지 않아도 자신의 몫을 해야 할 순간이라는 게 가끔은 있는 법이다. 물론 어느 정도는 큰아이가 그래 왔다고 생각하는데 어제 일은 좀 심했다. 내가 화가 많이 났고 근래 들어 가장 엄한 훈육을 했다. 육아서를 보면 동생이 보지 않는 곳에서 훈육을 하라고 쓰여 있지만 그땐 그런 생각조차 할 수가 없었다. 그만큼 화가 났다.

옆에서 오빠가 혼나다 급기야 눈물을 흘리는 걸 본 동생.

오빠를 계속 바라본다. 눈물이 쏙 빠지게 혼난 큰아이는 동생에게 그만 보라고 짜증을 냈지만 둘째는 눈물을 연신 훔치면서도 오빠 얼굴에서 시선을 떼지 못한다. 그 모습을 묵묵히 보다가 왜 오빠를 쳐다보냐고 물었더니 오빠가 속상하고 슬플 것 같아서 본다고 하는 둘째 아이. 그러고는 울면서 하는 말.

—엄마, 오빠 잘못만은 아니야. 내 잘못도 있어. 오빠 혼내지 마.

그 말에 왜 내가 또 눈물이 나는지. 큰아이에게 집중하느라 늘 놓치고 마는 둘째의 마음. 슬프고 미안하다. 아이 둘을 키울 그릇은 타고나는 건 아닐 거고 내가 마음의 사이즈를 키워야 할 것 같다. 두 마음 모두 아프지 않게, 다치지 않게.

매일이 생일이었던

사십 하고도 다섯 번째로 귀가 빠진 날이다. 더 젊었을 때도 그랬는데 이제 와 생일이라고 별생각이라는 게 들 리가 없다. 아무 생각 없는 엄마가 안돼 보였을까. 갑자기 아이들이 오늘 하루는 엄마가 가고 싶은 데 가고 엄마가 먹고 싶은 걸 먹고 엄마가 하고 싶은 걸 하라고 한다. 일단 말만. 어디까지나 말만.

나들이 가는 차 안에서 오랜만에 결혼 전에 좋아했던 노래가 나와 볼륨을 좀 키웠더니 무슨 이상한 노래냐며 엄마 생일이니 참겠다는 아이들.

노래 때문이었을까. 아이들의 잔소리 때문이었을까. 그제야 생각이라는 게 들었다. 엄마는 엄마가 되기 전에는 엄마가 가고 싶은 데 가고 엄마가 먹고 싶은 걸 먹고 엄마가 하고 싶은 걸 하고 살았는데 엄마는 그 매일이 생일이었다는 걸 몰랐나 보다, 이렇게 말했더니 우리가 필요 없다는 얘기냐며 분개하는 아이들.

　애기가 그렇게 되거나 말거나 어쨌거나 말거나. 이제 나도 매일이 생일처럼 좀 살아봐야겠다는 다짐 아닌 다짐. 너무 오래 듣지 못했던 그 노래처럼 말이다.

잘 가, 붕붕아

고마웠어.

붕붕아.

네가 없었다면 십 년 세월 동안 아이를 키우는 게 훨씬 힘들었을 거야. 네가 있어서 내가 아이들을 어디든 데리고 갈 수 있었고, 네 덕에 나도 운전할 때만은 육아에서 해방되어(아이들은 카시트에 앉아 있으니) 자유를 얻을 수 있었고, 위험했던 순간도 네 덕에 잘 피해갈 수 있었어.

기계에도 생명이라는 게 있어서 그런 마음을 느낄 수 있다면 아마 네가 처음이자 마지막일 것 같아. 다시 누군가를, 뭔가를 볼 수 없는 마음이 어떤 건지 너무 잘 알게 되어서 더 눈물이 나지만, 잊지 않을게.

주마등처럼 스쳐 지나가는 육아의 역사들이 이제 마치 뒤안길로 사라지듯 오늘 오래 탔던 차를 폐차시켰다. 좋은 차, 비싼 차야 많겠지만 부럽지 않았다. 아직 잘 나갔고, 운전하기도 편해서 어디든 잘 다닐 수 있었다. 연로한 부모님을 모시고 다니고 싶어 더 큰 차가 필요했고 미세먼지 저감조치 대상 차로 지정까지 되어 폐차를 시킬 수밖에 없어 마음이 아팠다. 새 차를 타고 다니겠지만 익숙한 운전석이 한동안 너무 그리울 것 같다.

묶여 있던 내 두 발이 되어줬던 녀석. 그동안 정말 고마웠어.

잘 가.
붕붕아.

메마른 육아에 유머 한 스푼

학교 공개수업 때였다. 맨 앞자리 정중앙에 앉은 큰아이가 엄마들까지 웃게 만드는 대답을 하는 모습을 보고 어이가 없었다. 그렇게 까불지 말라고 일러서 보냈건만 소용이 없었던 것이다.

큰아이는 학교에서 웃기는 아이로 통한다. 나로서는 믿어지지 않는 일이다. 양육자로서 내가 본 아이랑 사회에서 보는 아이가 차이가 있다는 걸 녀석이 2학년쯤 되자 알게 됐다. 그렇다고 해도 아이가 유머 감각이 있다는 칭찬을 받을 줄은 정말 꿈에도 몰랐다. 재치와 독창성이 있다고 하시면서 선생님도 큰아이의 재치 있는 말 때문에 가끔 정말 빵, 터지신다고.

감사한 일이다. 남편은 잘 웃는 사람이지 웃기는 사람은 아니다. 나는 상황이 더 심각해서 평소에 잘 웃지 않고 진짜 웃겨야 웃는 사람이다. 그나마도 여유가 없다 보니 아이 키우면서는 잘 웃지도 않았던 것 같다.

올해부터인가 아이들이 제법 커서 여유가 생겼다. 무엇보다 큰아이가 많이 커서 친구처럼 대화를 나눌 수 있게 되었다. 그러다 보니 유머도 조금씩 새어 나오는 건 덤이라고 해야 할까.

오늘 아침엔 아이와 줄임말 맞히기 대결을 했다. 순삭, 할말하않, 같은 것을 내가 다 맞히자 아이가 엄마 제법인데 하는 표정으로 바라봤다. 기세를 몰아 엄마가 모를 거라고 생각했다면 경기도 오산이야. 핵인싸도 안다고. 너, 아싸는 아니? 했더니 키득거리던 아이.

덕분에 컨디션 안 좋은 얼굴로 앉아 있던 아이가 그래도 좀 웃다가 기분 좋게 학교에 갔다. 물론 매일 이런 풍경이 펼쳐지는 건 아니다. 하지만 오늘 아이를 배웅하고 돌아서니 유머라는 게 이렇게 여유가 생기면 저절로 나오는 거고 그 에너지가 참 좋은 거구나 싶었다. 아이가 학교 가서도 기분 좋게 지낼 것 같아 마음이 뿌듯하기까지 했다.

십 년 넘게 메말랐던 육아에 이제 유머 한 스푼 얹어본다. 물론 아직 많이 모자라지만 말이다.

나를 보기

어젯밤 특별히 먹은 것도 없는데 가슴 한 켠이 답답했다. 아무 일도 없는데? 밥도 잘 먹었고? 체한 것도 아니고? 아이가 말을 안 듣지도 남편에게 화가 난 것도 아닌데? 뭐지? 열두 시 넘게 멍하니 TV 앞에 앉아서 핸드폰만 보다가 자려고 누워도 도통 잠이 안 오는.

또 뭐지 싶은데 원인은 딱히 떠오르지 않았다. 할 수 없이 누운 채로 가만히 답답한 가슴을 문질러보았다. 예상치 못한 통증이 느껴졌다. 근육이 뭉쳐 있었는지 살살 문지르니 조금씩 풀려갔다. 그제야 뭔가 느껴졌다.

아, 좀 만져달라고. 나도 좀 만져달라고. 나도 좀 봐달라고. 그래, 너 거기 있었구나. 미안.

남만 보느라 나는 볼 겨를이 없었어.

관성대로 살다가 한 번씩은 좀 들여다봐달라고, 아픈 것도 그래서 오는 건가 싶었던 밤.

달라도 괜찮아

나와는 기질이 많이 다른 둘째. 내 딸이 맞는지 새삼스레 묻게 될 때가 종종 있다. 어느 날 사진첩을 정리하다 둘째를 찍은 사진들을 죽 모아보니 달라도 어쩜 이렇게 다른지. 사진 찍는 포즈며 사진 찍기를 좋아하는 것도.

난 사진 찍는 걸 좋아하지 않는다. 어렸을 때부터 그랬다. 엄마가 시키면 억지로 포즈를 취하고 그나마도 어지간하면 꿈쩍 않고 차렷 자세로 찍기 일쑤였다.

엄마와 딸. 같으면 좋고 다르면 나쁜 건가. 나 역시 친정 엄마랑 기질이 많이 달랐다. 그래서 혼이 날 때가 종종 있었다. 엄마로서도 자신이 낳은 딸을 이해하지 못할 때 얼마나 속이 상했을까. 하지만 나 역시 나를 어쩔 수 없는 걸 어쩌겠는가. 이제는 나도 나이를 먹어 엄마를 이해하고, 엄마 역시 나이를 드시면서 나를 이해해주니 별 탈 없는 모녀 사이가 되었지만, 어렸을 때 항상 나는 나 자신을 의심할 수밖에 없었다. 엄마랑 달라서 나는 어딘가 잘못된 사람인가, 하고 말이다.

그래서 내 아이를 키울 때는 조심하고 싶었다. 달라도 이해해주자. 그것만은 노력하고 싶었다. 하지만 다행히 내가 별다른 노력을 하지 않아도 문제가 되지 않더라. 아직까지는 다른 게 신기하기만 하다. 그건 아마 아이가 하는 짓이 내가 허용하는 어느 선을 넘지 않아서이기도 할 것이다.

어쨌거나 오늘도 잠시 외출했다 돌아오는 길에 발랄하게 한껏 과장된 포즈로 사진을 찍어달라는 아이를 보니 신기할 뿐이다. 가만있어 보자. 아이가 이런 걸 보면 내게도 내재된 자아가 있을까. 잠시 헷갈리지만, 아우~ 따라갈 수는 없겠다, 저 포즈는.

남이 아니라 내 마음을 보자

예민함과 까칠함의 지수가 엄청나게 높아졌던 주말. 남편이 이유를 물었지만 말하기 싫어서가 아니라 할 말이 없었던, 그야말로 나도 모르겠는 주말이었다.

아주 오래되고 나쁜 습관. 일단 참기. 참는 줄도 모르게 나 자신도 모르게 참기. 그렇다면 뭐냐, 로 딱 집어 말하기가 어렵고 그래서 더 빠져나가기도 어렵고 두세 달에 한 번 정도는 그런 상태가 된다.

예전에는 매일이 그랬지. 그렇게 살아도 누구한테 폐 안 끼치고 그냥 나 혼자만 힘들면 됐는데 가족을 만들고 나니 내 그런 성향이 가족들에게 폐가 된다.

사소한 실수에 발화가 되어 둘째에게 엄청나게 화를 내고 돌아서니 그제야 터져 나온 감정. 바람이 조금 통하는, 정신이 조금 드는 느낌이었다. 정신을 차리고 섭섭한 아이에게 미안하다고 사과하고 속상하지, 물으니 아니, 괜찮다고 한다. 괜찮지 않지, 하니 그제야 눈물이 그렁해서 그렇다고 말하는 아이. 그럼 왜 괜찮다고 했냐고 다시 묻자 대답한다. "엄마 속상할까 봐."

잠시 할 말을 찾지 못했다. 엄마 마음을 뭘 그리 알아주려고 하는지. 엄마가 미안하게 말이야. 내 마음을 내가 잘 돌봐야지. 그래서 아이 마음도 잘 돌보는 어른이 되어야겠다.

틀린 그림 찾기

틀린 그림 찾기를 잘하는 큰아이. 실제 그런 검사에서 굉장히 높은 점수를 받았다. 학습에 딱히 도움이 되는지는 잘 모르겠지만(물론 도움이 되는 게 중요한지도 모르겠지만), 한 가지 확실한 건 일상생활에서 꽤 불편한 점이 된다는 거다. 감사함이란 도통 없고 없는 것만 어찌나 콕콕 잘 찾아내는지 빈정도 상한다. 적어도 양육자로서의 나에게는.

오랜만에 도시락 지참인 현장학습이 있는 날. 나는 평소보다 일찍 일어나 김밥을 싸고 있었고 남편은 아이가 선택한 음료수와 간식을 구하러 슈퍼를 세 군데나 돌다 사왔다. 그런데도 무언가가 부족한지 가져갈 간식을 보더니 짜증 섞인 반응을 보이는 큰아이. 성마른 나는 참지 못하고 한마디했다.

—삶을 행복하게 사는 방법은 그렇게 어렵지 않아. 있는

것에 감사할 줄 알아야 해. 그럼 저절로 행복해져. 너는 그 부족한 걸 너무 잘 찾는데 그게 결코 너를 행복하게 해주진 않을 거야.

요즘 내가 나에게 하는, 나도 실천이 잘 안 되는 개똥철학을 아침부터 설파하고 말았다.

엄마에게 불시에 일격을 당한 후 묵묵히 듣던 아이가 가방을 싸기에 천 원을 주며 가다가 원하는 젤리를 사가지고 가라고 했더니 안 가져가겠단다. 반항인가 싶어 그 말을 하는 아이의 얼굴을 보니 반항도 아니고 체념도 아니고 뭐라 설명할 수는 없는데 내 말이 너무 심했구나, 만 깨닫게 만드는 얼굴이었다.

그렇지, 뭐. 항상 내가 잘못이다. 내가 문제다. 여섯 시 반부터 김밥 네 줄 만 아침의 단상.

나를 위해 살기

둘째는 어린이집에 보내고 여름방학 중인 큰아이와 오랜만에 나선 점심 외식 나들이. 독립운동은 못 했어도 불매운동은 해야지, 하는 중이라 평소 잘 가던 음식점을(일본 프랜차이즈 카레집, 스시집이 우리의 단골) 못 가니 어디를 가야 할까 고르던 중 한국 이름으로 된 카레집이 있어서 들어갔다. 테이블에 앉아 물과 메뉴판을 받고 살펴보니 우리나라 브랜드라고 생각했는데 웬걸, 일본에서 재료를 공수해서 만드는 집이라나. 잠시 고민하다 아무래도 안 되겠어, 우리 그냥 나갈까? 했더니 아이가 머뭇거렸다.

　—테이블에 이미 앉았는데? 저 사람이 우릴 이상하게 볼텐데.
　—볼 테면 보라지. 어차피 다신 안 볼 사람인데, 네가 하고 싶은 대로 해. 엄마가 말할게.
　—(잠시 머뭇거린다) 엄마, 그럼 나가자.

양해를 구하고 아이와 나왔다. 나와서 잠시 헤매다 다른 가게에서 갈비찜 런치세트를 나름 맛있게 먹었다.

— 앞으로도 네가 하고 싶은 대로 해. 남이 어떻게 생각하든 상관하지 말고.
— (뜸을 들인다) 알았어.

벌써 남의 기대, 아니 이런 건 기대도 무엇도 아니다. 체면을 먼저 생각하는 아이. 사회화되는 과정인 거지 싫어도 사회화가 덜 된 나는 그렇게 살지 말라고 이야기해주고 싶었다. 욕먹지 않기 위해, 이상한 사람으로 보이지 않기 위해 사느라 정작 나 자신이 원하는 건 뭔지 모른 채 살아간다면 이거야말로 주객전도다.

나를 위해서 사는 건 말처럼 쉽지 않다. 남의 기대를 채우는 게, 정해진 대로 사는 게 더 쉽다. 욕도 안 먹는다. 하지만 나를 위해 살다가 욕을 먹더라도 그냥 욕먹고 살자. 나를 위해서. 아이에게 하는 말. 나에게 하는 말.

말해야 한다, 지금

아픈 사람을 일 년 내내 수족처럼 돌본다는 건 상상하기 어렵다. 내가 힘들었던 것만 생각하느라 엄마는 어땠을지 잘 몰랐던 거지.

걱정 가득한 이야기를 듣다가 가만히 수화기 너머 엄마를 생각해보았다. 문득 엄마를 위로한답시고 너무 걱정하지 마시라고 하다가 이 말이 튀어나왔다. 엄마, 사랑해. 엄마는 잠시 말이 없었다. 엄마도 나한테 말해줘야지. 잠시 더 말이 없으시더니 그래, 사랑해, 딸.

그 순간 우리는 서로 정말 많은 위로를 받았다. 마법 같았다. 놀라운 순간이었다. 아이들에겐 거의 매일 말하면서 엄마한텐 실은 평생 한 번도 말해본 적이 없었다. 그래, 사랑하지, 사랑해. 이런 말은 많이 했겠지. 사랑하는 줄도 다 알고 있다. 말 안 해도 안다. 아니, 진짜 그럴까. 그렇다고 생각했지. 실은 말하기 두려웠던 거지.

가족이라 우리는 그 많은 두려움을 감추고 살고 있다. 시간이 아직 많이 남아 있다고 막연히 생각하며 오늘도 그 사랑을 감추고 두려움 속에 숨어서. 시간이 생각보다 많지 않을 수 있다. 아빠가 아프시고 나서 이젠 그걸 몸으로 느끼며 산다. 그러니 더 기다릴 필요가 없는 거라는 걸 무의식이 의식에게 알려준 그런 순간이 어제 있었다. 정말 다시한 번 마법 같다고 말할 수밖에 없었던 순간.

그녀의 도전

괌 여행 중이었다. 남편과 큰아이는 다른 체험을 하러 갔고 둘째를 위해 신청한 유아 스노클링. 리조트 내에 있는 체험 장소에 와보니 내가 봐도 무서웠다. 수심이 깊은 곳은 십 미터라고. 물론 선생님이 바로 아이 곁에 붙어 있었고 구명조끼도 입고 있고 위험하진 않을 테지만 심적으로 무서운 건 무서운 거지. 아이들은 오죽할까. 체험을 시작하기도 전에 클래스를 같이 신청한 또래 친구들이 다섯이나 울며불며 기권했다.

예상치 못한 상황에 나도 좀 당황했던 것 같다. 다른 엄마들처럼 하라고 선뜻 권유하기 어려웠다. 아이가 수영도 배우지 않았고 무서우면 포기해도 괜찮다고 말했다. 하지만 나만큼 당황했던지 도착한 내내 아무 말 없던 아이가 잠시 내 얼굴을 보더니 고개를 저으며 마우스피스를 꼈다. 그러곤 뭔가 결심하듯 물에 들어갔다. 주위의 모든 어른과 아이들이 그 광경을 넋을 놓고 보고 있을 뿐이었다.

처음엔 좀 머뭇거리나 싶더니 이내 자세를 잡고 유유히 물속을 헤엄치기 시작했다. 주변 엄마들과 선생님의 찬사를 정작 당사자가 아닌 물 밖에 있던 내가 들었지만, 그것은 한마디로 도전, 이었다. 아이가 스스로 해낸. 나는 그게 기뻤다.

나중에 들으니 그러는 동안 바닷물도 꽤 먹은 모양이었다. 하지만 그만두고 싶지 않았다고, 재미있었다고 했다. 물속에서 본 물고기의 크기가 얼마만큼 컸는지 몇 마리나 봤는지 진지하게 이야기하던 아이의 얼굴이 유난히 반짝거렸다.

랄루낄라쌈맘마한 귀 빠진 날

작년 한 해 동안 많이 자란 큰아이. 몸도 마음도. 예전과는 꽤 다른 아이가 되었다. 이젠 엄마의 잔소리에도 실실 웃을 줄 알고, 화내고 미안하다는 엄마의 어깨도 토닥일 줄 알며, 원하는 게 있으면 괜히 와서 애교도 부릴 줄 안다.

엄마의 억지도 잘 찾아내서 지적하고, 여덟 살 여동생과 경쟁하지만 엄마한테 안 먹히는 것도 얘기해줄 줄 알고, 밥도 할 줄 알고, 계란말이도 할 줄 알고, 뱃살도 나오고, 두 턱도 생기고, 머리도 매일 감고, 랄룰낄라쌈맘마(아이가 즐거울 때 외치는 주문)한 삶을 잘 살고 있다.

코로나 때문에 감금 생활이 임계점에 도달했는지 아무것도 아닌 일에 연 사흘 동안 아침부터 애들을 몰아세웠다. 우연히 둘째가 찍은 동영상 속 내 목소리를 들었는데 정말 소름이 쫙 끼쳤다. 그래, 너희들이 고생이 많다. 너희는 어떻게 이런 엄마를 참아주는 거니. 사랑해주는 거니.

오늘 하루만은, 그래 오늘만은 아이의 좋은 점을 기록해 두자. 오늘 하루는 꾹 참자. 오늘 하루만은 모든 걸 사랑해 보자.

열두 번째 생일 축하해.

발설의 효과

주말에 아이들과 〈모모와 다락방의 수상한 요괴들〉이라는 영화를 봤다. 재미있고 좋은 드라마였다. 요괴가 먼저 눈에 띄지만 실은 아빠를 잃은 엄마와 아이의 이야기였다. 요괴는 그런 주제를 풀어내는 재미로 잘 쓰였고.

나는 엄마이고 어른이다 보니 보는 내내 요괴보다는 엄마와 아이의 심정에 대해 생각하게 되었다. 극이 중반을 넘어서기까지 상처를 입은 엄마나 아이나 서로의 상처에 대해 이야기를 하지 않는다. 극이 진행되는 동안 벌어져야 하는 여러 가지 사건을 겪고 서로 갈등하고 나서야 자기의 상처에 대해 숨기고 있던 마음을 털어놓는다. 그제야 성장이 이루어지고 비로소 진짜 아빠를 보내주게 된다. 영화를 보는 내내 내 마음과 닿아 있다고 생각했다.

아빠가 많이 아프시면서 나도 꽤 마음고생을 했다. 지금도 진행 중이다. 수술은 끝났지만 수술하기 전 모습은 이제 완전히 잃어버리셨고 다시 돌아가기 힘들 것 같다. 다른 가족들은 이제 그걸 받아들여야 하는 시점에 왔고. 그즈음에 마음이 너무 힘들었다.

그런데 말을 못 했다. 아무에게도. 심지어 남편에게도. 아무 말도 하고 싶지 않다고만 생각했었는데 실은 그게 아니었던 것 같다. 말해서 뭐해, 하는 심정으로 드라마 덕질이나 하면서 지냈는데 어쩌다 남편에게 의도치 않게 그런 심정에 대해 말하게 되었다. 사는 게 다 귀찮고 그냥 혼자 방 얻어 살고 싶다고. 정말 밑바닥까지 말이다.

남편은 그냥 묵묵히 들어줬다. 충격을 받았을 텐데 별말이 없었다. 나 역시 말하고 나서는 뭐 답이 없지 그렇지, 하고 체념하는 심정으로 잠이 들었는데 엄청난 악몽을 밤새도록 꾸었다.

그런데 이상했다. 그다음 날 일어나니 마음이 가벼워져 있었다. 하룻밤 새 바뀔 상황이란 건 없었다. 모든 게 그대로였다. 하지만 무기력에서 벗어나 다시금 일상을 굴릴 만큼의 여유가 나도 모르게 생겨났다. 가만히 앉아 생각을 해 봐도 그저 숨기고 싶던 마음을 발설했기 때문이라고밖에 다른 이유를 찾기 어려웠다. 그 효과라는 게 내가 생각했던 것보다 훨씬 강력했던 모양이다. 기대 이상으로.

자유의 불평등

별안간 코로나라니. 일월만 해도 현실감이 없었다. 남의 나라 얘기인 줄로만 알았다. 하지만 이월 들어서는 유치원도 휴원을 했고, 삼월 들어서는 개학을 하질 못했다. 평생 처음 온라인 개학이라는 걸 해보고, 사월 하고도 오월, 꽉 채운 사 개월이다. 둘째는 유치원 졸업식도 학교 입학식도 제대로 하지 못했다. 곧 끝나겠지 했던 모든 일이 도무지 끝이 나지 않으니 예전과 같은 일상을 꾸려나갈 수가 없고 아무것도 계획할 수가 없다.

살아보겠다고 아이들과 집에서 그동안 못했던 다양한 활동을 하고 나름대로 시간을 보내려고 애를 썼다. 하지만 스트레스를 받지 않았다고 하면 너무 큰 거짓말이고. 어쩔 수 없으니, 전 세계가 어쩌지 못하는 문제이니, 우주의 먼지 같은 내가 그냥 참아야지 별수 있나. 참고, 참고 또 참고 더 이상 참을 수가 없을 때까지 참고 참았다.

아이들은 사 개월째 친구를 만나지 못했다. 사그라들 줄 알았던 감염자 수가 다시 폭발하고 있으니 등교 개학은 또 연기될지 모른다. 내가 아무리 힘이 든다고 이 상황에서 개학을 바라지도 않는다.

모두 일상을 잃어버린 채 애를 쓰고 있는데 방역 수칙을 어긴 사례를 보다 보면 화가 날 수밖에. 민주주의는 내 맘대로 한다고 해서 민주주의가 아니다. 자신의 자유가 남의 자유를 억압하고 있는 이 상황에서 본인 자유만 찾겠다고 하다니 다 밉다. 밉고 또 밉다.

내가 지금 부모가 아니었다면 이 상황이 조금은 다르게 느껴졌겠지. 세상 모든 일이 평등하지 않다는 건 알고 있었지만, 이 팬데믹 상황에서 더 절감한다. 누구에게는 똑같은 일상일지 모르지만, 누군가에게는 창살 없는 감옥에 갇힌 것과 다를 게 없다.

하지만 다시 한 번 어쩌겠는가. 죄는 다른 사람이 지었는데 대신 형량을 살아야 하는 죄수의 심정이 이와 같을까. 형량을 모르니 언제 만기 출소할지도 모르겠다. 억울하다.

오늘 하루만은

　오늘은 둘째의 여덟 번째 생일날. 마침 오늘이 두 아이 모두 일주일에 한 번 학교 가는 날이라 등교 준비를 시키느라 정신이 없었다. 신발 신고 나갈 때까지 준비물을 안 챙기는 큰아이 때문에 가뜩이나 없는 정신이 더 없을 뿐이고. 큰아이가 나가고 둘째를 학교에 데려다주고 돌아왔다. 난장판인 거실에 앉아 둘째가 남기고 간 미역국 그릇을 보며 부끄러운 고백을 해본다.

　ㅡ오늘 네 생일인데 또 오빠가 엄마 혼을 쏙 빼놨구나.

　큰애만큼 신경을 쓰지 못했다. 좀 덜 써도 알아서 하고 그래야 남는 에너지를 신경이 쓰이는 녀석에게 줄 수 있으니까. 물론 사랑을 그랬다는 말은 아니다. 둘째의 숙명이니 뭐니 한다고 해도 공평하지 않다. 이래서는 엄마가 공평한 사람이라고 말할 자격이 없다.

오늘 하루만은 엄마는 네 거.

우리 둘째 하고 싶은 거 다 해.

예쁘게만 보는 더 예쁜 눈

1학년이지만 도무지 내 눈엔 유치원생으로만 보이는 둘째. 학교를 제대로 가지 못하니 더 그렇게만 느껴진다. 그래도 온라인으로 수업을 할 때면 시간에 맞추어 머리도 묶고 제법 의젓하게 책상에 앉아 있다. 수업을 마치고 나면 숙제는 제때 하는 것이 학생의 도리. 안 가르쳐줬는데 나름 혼자 사부작거리며 해낸다.

오늘은 가족의 모습을 잡지나 신문에서 오려 만들어내는 미술 숙제. 가위질도 혼자 하겠다고 해서 안전가위 하나 쥐여주고 적당한 잡지와 신문을 꺼내 책상에 놓아주고 밀린 집안일을 하고 있었다. 시간이 조금 지나 다 되었다며 가져온 작품을 보고 실소를 금할 수가 없었다.

엄마, 아빠의 사진 자리에 유명 배우들의 사진을 가져다 붙여놓았던 것이다. 예쁜 엄마, 아빠는 바쁜 아빠(당신이 너무 바쁜 탓인 걸로)라고 멘트까지 달아서.

—엄마, 아빠가 너무 예쁘고 멋진 사람인 거 아니야? 너
무 사실과 다른데. 엄마 창피한데!
—왜 창피해? 엄마랑 아빠 닮았는데.

푸하하. 아이는 천진하게 대꾸하는데 나만 민망할 뿐이
고. (죄송합니다. 이서땡 씨, 성유땡 씨. 많은 양해 부탁드립니
다.) 그래, 작품은 죄가 없고 우리 딸 눈이 많이 예쁜 걸로
해야겠다.

남매로 잘 살아봐라

외부 활동이 줄어들고 집에서 두 녀석이 매일 붙어 있다 보니 하루에도 몇 번씩 남매간의 분쟁이 발생한다. 최대한 공평하게 분쟁을 해결하고자 하지만 늘 누군가 조금은 손해 보는 기분이 드는 모양이다. 아니, 어쩌면 다툼의 대부분은 명확하게 옳고 그름을 가를 수 없고 본질은 그냥 다른 데 있을지도 모른다는 생각이 든다. 그냥 싸움 자체가 필요한 건가 싶은 것이다.

오늘은 아침에 눈 뜨자마자 시비가 붙었다. 식탁에 앉아서는 서로를 못마땅하게 보더니 왜 쳐다보냐, 를 가지고 말싸움을 했다. 이건 뭐 어쩌라고? 공평이고 뭐고 아침 밥상머리에서 화가 나 두 아이에게 각기 따로 야단을 쳤으나 진정이 되질 않았다. 결국 둘째가 마주 보지 않는 자리로 옮기고 나서야 끝이 났다.

그 모양을 보고 있자니 어이가 없었지만 그냥 지금은 서로가 그저 짜증이 날 뿐이겠지. 알다가도 모르겠는 것이 저렇게 싸우다가도 서로가 집에 없을 땐 또 그렇게 찾아댈 수가 없다. 싸우다 정도 드는 법이지. 그래, 언제 너희가 이렇게 오래 붙어서 싸우겠냐. 이제 조금만 더 크면 서로 얼굴 볼 일도 없이 소 닭 쳐다보듯 하겠지. 그 시절이 지나 더 나이를 먹으면 남매간의 정이라는 것을 새롭게 깨닫는 날도 올 테고.

나도 남매로 컸지만 성장하면서는 언니가 있었으면 여동생이 있었으면 하기도 했다. 아마 오빠도 그랬을 거다. 도움도 안 되는 귀찮은 여동생보다는 형이 있었으면 남동생이 있었으면 했겠지. 뭐, 사람은 다 자기에게 없는 자리가 부러운 법이니까.

그래도 어쩌랴. 천지간의 형제라곤 너희 둘뿐인걸. 좋건 나쁘건 그게 정해진 운명인걸. 그러니 잘 살아보길 바랄 수밖에. 그러다 보면 뭔가 다른 남매의 정을 느낄 날도 오겠지, 하고 엄마로서는 믿어볼밖에.

너를 위한 기준

　아이들이 둘 다 등교한 금요일. 나도 오랜만의 자유 시간인 터라 친구와 점심을 먹고 들어왔다. 집에 돌아오니 큰아이가 와 있었다. 한데 소파에 앉아 있는 아이의 낯빛이 좋지 않았다. 등교하는 날은 으레 그렇듯 어딘가에서 놀고 왔을 터인데 오늘은 집으로 바로 온 모양이었다. 그냥 모른 체해도 되는데 굳이 꼬치꼬치 물어보는 나. 처음엔 마음을 좀처럼 열지 않으려고 하더니 질문이 계속되자 조금씩 진심을 털어놓는 아이.

　다 들어보니 친구들이 게임을 하러 각자 집으로 간 모양이었다. 그러니까 오프라인이 아니라 온라인으로 만나서 놀기로 한 것이다. 노트북은 있지만 아직 데스크톱(게임은 노트북으론 할 수 없다고. 그것도 몰랐던 나)이 없는 큰아이는 그 온라인 놀이에 끼지 못했던 것이다. 그간 게임이라고 해봤자 야박한 시간 동안 핸드폰으로 하는 게 고작이었다.

남편이나 나, 둘 다 게임에 취미가 없고 부정적인 생각이 많다 보니 최대한 늦게 허용을 하려고 사주지 않았었다.

처음엔 좀처럼 마음을 보이지 않으려던 아이가 참고 있던 진심이 터져 나오는지 급기야 눈물을 보였다. 본인도 컴퓨터를 갖고 싶다고. 나는 당황했다. 그동안 아이가 적극적으로 불만을 표시한 적이 없었기 때문에 아직은 괜찮다고 생각했다. 하지만 아이의 눈물이 말하고 있었다. 괜찮지 않았다고. 엄마는 다른 엄마랑 좀 다르고 나도 다른 애들하고는 다른 것 같다고. 그간 또래 집단에서 아이가 느꼈을 소외감이 한순간 나에게 다가왔다. 그것까지 생각하지 못했다, 나는.

스스로 물을 수밖에 없었다. 그동안 내가 세웠던 그 모든 기준이 정말 아이를 위한 것이었는지, 하고 말이다. 아닌 것 같았다. 그 기준은 나를 위한 것이었다. 게다가 아이는 전혀 기대하지 않았기 때문에 나에게 진심을 털어놓지도 못했다. 엄마는 허락하지 않을 게 뻔하다고 생각해왔던 것이다. 엄마한테도 소외감을 느낀 것이겠지. 거기까지 깨닫고 나자 머리가 뒤흔들릴 지경이었다.

늦었지만 아이에게 엄마가 미안했다고 사과를 하고 남편에게 전화를 걸어 말했다. 이건 상의가 아니라 통보라고 (남편은 여전히 반대할 걸 알기에) 아이에게 컴퓨터를 사주겠노라고. 전화를 끊고 내가 몇 번이나 확인을 해줘도 아이는 나를 믿지 않았다. 정말인지 계속 되물을 뿐이었다. 다시 말해줄 수밖에 없었다. 엄마는 이제 엄마를 위한 기준이 아니라 너를 위한 새로운 기준을 만들어볼 거라고, 그러니 언제라도 엄마의 기준이 틀렸다 싶으면 말해달라고.

영원히 함께

아빠가 하늘나라로 떠나셨다. 무엇이라 말하기 어려운 시간이 지나갔다. 슬픔이야 이루 말할 수 없지만 어떤 말로 표현해야 할지 나는 아직 찾지 못했다. 다만 많이 아프셨기 때문에 편안해지셨기만을 바랐다. 다른 무엇도 바랄 수가 없었다. 병이 재발한 것을 안 이후 그런 시간을 몇 달 보냈다.

두 아이의 엄마지만 나도 자식이라 부모의 마지막을 지켜보는 일이 다른 어떤 경험보다 힘이 들었다. 오래 아프셨기 때문에 늘 준비했다고 생각했는데, 도무지 실감이 나질 않았다. 상을 치르는 내내 그랬다. 조문이 끝나고 아빠를 마지막으로 보내드리는 자리. 원래 있는 절차인지, 그 회사의 특별한 절차인지, 상조회사 직원분이 내게 아빠께 드리는 마지막 편지를 써보라고 했다.

아빠의 사랑과 헌신으로 우리 가족 오랜 시간 행복하게

잘 살았습니다.

아빠와의 이승에서의 시간을 붙잡고 싶은 마음은 한이 없지만 더 좋은 세상에서 더 편안한 시간을 보내시리라 믿고 그 욕심, 내려놓겠습니다.

남은 가족 앞으로도 서로 더 사랑하고 아끼며 잘 살도록 하겠습니다.

아빠, 이제 평안하시죠?

수고 많으셨습니다.

감사했습니다.

사랑합니다.

우리 다시 꼭 만나요.

최대한 담담히 읽고자 했으나 목소리가 저절로 떨렸다. 하지만 울고 싶지는 않았다. 아빠한테 잘 들려야 했으니까. 그게 내가 해줄 수 있는 마지막 도리인 것처럼.

편지를 다 읽고 자리로 돌아와보니 큰아이의 눈에 눈물이 고여 있었다. 아직 어린 탓에 장례식장에서 내내 별다른 감정을 보이지 않았었는데 말이다. 나중에 물으니 엄마의 편지를 듣자 눈물이 났다고. 자기도 왜 그런지는 모르겠다고. 무엇이 아이의 마음을 움직였을까. 그건 설명하긴 어렵지만 아마 사랑 때문이 아니었을까. 내 마음에도 있고 아이 마음에도 있고 우리 아빠 마음에도 있었을.

   내가 부모가 되기 전에는 몰랐다. 부모라는 자리는 사랑을 주기만 하는 게 당연하다고 생각했다. 하지만 마흔일곱 살 먹도록 키워주신 아빠, 엄마만큼은 아니지만 이 정도 아이를 키워보니 알겠다. 부모는 사랑을 주기만 하는 존재가 아니라 받기도 하는 존재라는 걸. 그 사랑으로 우리는 오랜 시간 함께했고, 함께할 것이다. 그래서 영원히 함께하게 될 것이다.

에필로그

보통 엄마의 꿈

보통 엄마들의 이야기를 쓰고 묶어 책을 만든 적이 있다. 《보통의 엄마》. 소장용으로만 만들어 판매하진 않았다. 경제적 이득도 없었고 생각보다 쉽지 않았던 작업이었다. 지금 생각해보면 아쉬움이 많이 남지만, 나는 그때 그 작업을 꼭 해야만 했다. 후회하지 않기 위해.

회사 다닐 때 나는 행복하지 않았다. 관성에 젖어서 일을 했고 퇴근 시간만 기다렸다. 왜? 하고 싶은 일을 한다고 생각했는데 나는 왜 행복하지 않았을까. 결혼하고 일을 그만두고 아이를 낳고 엄마로 산 지난 십삼 년 동안 그리 불행하게 했던 일이 그립기도 했고 엄마가 된 걸 후회한다고 생각하기도 했다.

후회하고 싶지 않아서 글을 썼는데 정말이지 그런 일이 나에게 실제로 일어났다. 다시 돌아가고 싶지 않다. 후회하지 않는다. 엄마가 된 것도. 지금의 나도. 일은 그만두었지만 나는 부끄럽지 않게 열심히 살았다. 아이가 자라난 만큼 나 역시 자라났다. 엄마로서만 아니라 나 자신으로. 무엇보다 이젠 알겠다. 하고 싶은 일을 하고 싶은 방식으로 할 수 있다는 걸 말이다.

언젠가 이십 대부터 좋아했던 가수의 콘서트를 보면서 내내 찡했던 건 그의 마음이 어쩐지 나와 같아서였다. 그는 실력 있는 뮤지션(물론 나는 그런 실력이라는 게 있어본 적이 없지만)이었지만 실력만큼 성공하지 못했다. 이제 아주 작은 소극장 공연을 하는 이유를 그는 솔직하게 말했다. 작은 공연장을 채우고 자존감을 올리고 싶었다고. 그러고는 덧붙였다. 그래도 괜찮다고. 자기는 행복하다고. 가족들을 사랑하고 자신을 아껴주는 팬들과 자신의 음악을 사랑한다고.

나도 그랬다. 가족들을 사랑하고 나를 아껴주는 사람들과 내가 할 수 있는 일들을 사랑할 것이다. 나는 성공하지 못할지 모르지만, 그래도 나는 행복할 수 있다. 보통의 엄마로 보통의 육아를 하고 있는 나로서도 말이다. 물론 이제는 그 이상도 꿈꿀 용기가 생겼다.

무엇보다 이게 나의 최선이었음을, 내가 할 수 있는 최선의 육아라는 걸 믿게 되었다.

책을 마무리하면서 특별히 감사하는 이들이 있다. 일명 '속삭임'('아기와의 즐거운 속삭임' 커뮤니티). 아이의 낮밤이 바뀌던 그 시절부터 지금까지도 나는 어마어마한 위로와 지지를 이곳에서 받았다. 내가 엄마로 잘 클 수 있게 도와준 마음의 친정 같은 곳이다. 감사하다. 서로를 돌봐준 마음들에.

그리고

지금은 하늘에서 나를 지켜주시는 아빠께 감사하다. 여전히 나를 자식으로 키워주시는 엄마께도. 어설프나마 부모 노릇을 십 년 넘게 할 수 있었던 것도 모두 두 분 덕이라고 믿고 있다.

무엇보다 나를 엄마로 만들어주고 엄마로 키워준 놀라운 두 아이에게, 그리고 아빠로 잘 크고 있는 남편에게 고맙다고 사랑한다고 말하고 싶다.

최선의 육아

1판 1쇄 발행 2022년 2월 7일

지은이 강나영 | 펴낸이 윤혜준 | 편집장 구본근
디자인 오필민디자인 | 마케팅 권태환

펴낸곳 도서출판 폭스코너 | 출판등록 제2015-000059호(2015년 3월 11일)
주소 서울시 마포구 월드컵북로 400 문화콘텐츠센터 5층 9호(우 03925)
전화 02-3291-3397 | 팩스 02-3291-3338
이메일 foxcorner15@naver.com
페이스북 www.facebook.com/foxcorner15
인스타그램 www.instagram.com/foxcorner15

종이 일문지업(주) | 인쇄·제본 수이북스

ⓒ강나영 2022

ISBN 979-11-87514-79-4 03810

- 이 책의 전부 또는 일부 내용을 재사용하려면 저작권자와 도서출판 폭스코너의
  사전 동의를 받아야 합니다.
- 잘못된 책은 구입하신 서점에서 바꾸어드립니다.
- 책값은 뒤표지에 표시되어 있습니다.